舌が刺激されるたびに、身体と頭がジンと痺れていく。舌と舌が絡みあう
柔らかな刺激が下肢にまで響き、どこにどう力を入れていいのかわからない。

たとえ初《はじ》めての恋《こい》が終《お》わっても

バーバラ片《かた》桐《ぎり》
ILLUSTRATION：高《たか》座《くら》 朗《ろう》

たとえ初めての恋が終わっても

LYNX ROMANCE

CONTENTS

たとえ初めての
恋が終わっても

【一】


戦争が終わった直後の闇市《やみいち》は、リヤカーやよしず張りの店が出ていて、仕事をしているのは引き揚げ者やヤクザだけだったらしい。

だけど、それから二年が経《た》った今は、体裁がそれなりに整っている。

あり合わせの木材で作ったバラックなのは変わらないが、長屋のような建物が小さく仕切られて連なっていた。

昼間はその飲食店の前で、いろんな品物が売られている。

稔《みのる》は新橋《しんばし》にある闇市の店舗の前の、狭いスペースでふかし芋を売っていた。闇市を仕切るヤクザの一員である勝《まさる》が、材料を仕入れてくれる。台所などないから、調理に使うのは石油缶に穴を開けた手製の竈《かまど》だ。

だが、物不足だけあって、並べればどんどん売れた。作っては売るのを、一日に何回も繰り返す。

あと少しだけ残ったふかし芋を前に、稔はぼんやりと空を眺めていた。

——真っ青。

空襲によって、東京《とうきょう》は焼け野原になった。駅前の広い建物疎開地はバラックがひしめいて闇市となったが、見上げる空はとても広くて青い。

この空は、満州《まんしゅう》にも続いている。

稔は、満州からの引き揚げ者だった。

だが、次にいつ出るのかわからない引揚船に乗れたのは一人っ子である稔だけで、両親は港に残ることになった。

その後、両親がどうなったのか、知らせがないままだ。引揚船が舞鶴《まいづる》に到着したと聞くたびに、稔は両親と待ち合わせた上野駅《うえのえき》の構内に通う。

かつて両親が逢《あ》い引きのために待ち合わせたという、上野駅構内の、とある柱の前。今は家を無くした人々がひしめき、買い出しの人々でごった返している場所だ。

稔も一歩間違えたら、のたれ死ぬか、上野の地下道で寝起きすることになっていただろう。

——勝さんと出会わなければ。

日本に戻りさえすれば、どうにかなると考えていた。だが、帰国した故郷は焼け野原と化しており、行けと言われた親戚《しんせき》の家は焼け落ちて生死も知れない。

途方にくれ、ぼんやりと上野の雑踏の中で膝《ひざ》を抱えて座りこみ、空腹を抱えて両親の帰りだけを待っていたとき、一人の少年を見つけたのだ。

比較的身なりのいい、可愛《かわい》らしい少年だった。放《ほう》っておいたら、殺気立った人々に突き飛ばされてケガをするか、思わぬ事故に巻きこまれてしまいそうだ。子供をかどかわす大人もいると聞いた。

『おいで』

他人のことを気にするほど、稔に余力があったわけではない。だが、放っておけなくて少年を招き寄せ、何があったのか聞いた。兄とはぐれたという彼がその相手を見つけられるまで、悪い人に騙《だま》されないように一緒にいることにした。

しばらくすると、その少年が膝を抱えてもぞもぞし始めた。

『どうかした？』

優しく尋ねると、少年は目にいっぱい涙をためて言った。

『おなかすいた』

稔もひどく空腹だった。引き揚げのときに両親が持たせてくれた食糧はとっくに食べつくし、現金もわずかしかない。何かあったときのための最後の十円は使ってはいけない気がしたが、少年のために何かをしてあげたくなった。

『何が食べたい？』

『何でも』

泣きべそをかきながら言われて、最後の十円でおにぎりを買った。少年とそれを分け合って食べながら、何故《なぜ》か涙が止まらなくなった。

その少年のお兄ちゃんが、新橋で闇市の仕切りをしているヤクザの勝だった。

勝は弟を保護してくれた稔にひどく恩義を感じたらしく、行くところがないと言うと、この闇市内のねぐらと仕事を与えてくれた。勝と出会えてなかったら、稔はとっくの昔にのたれ死ぬか、上野の地下道行きだっただろう。

父は満鉄の幹部であり、家は煉瓦《れんが》造りの洋館で、使用人に囲まれたおぼっちゃん育ちの稔だった。敗戦によって全《すべ》てが変わったものの、どこかぼんやりとしていて、お人好《ひとよ》しなのは変わらないらしい。

こんな性格では、生き馬の目を抜く闇市では生き抜けない。そんなふうに、いつも言われている。

――わかってはいるんだけど。

生来の性格までは、なかなか変わらない。

勝が後ろ盾になってくれていなければ、あっという間にショバを失って追いだされていたことだろう。

そのとき、目の端に誰《だれ》かの手が映った。

――え？

ハッとして見直すと、皿の上に三つ残っていたふかし芋が全て消えている。

――盗まれた……？

稔は左右を見回した。猛スピードで逃げていく男の後ろ姿が見える。慌てて屋台の屋根を支える棒を引き抜いて閉じるなり、全財産を抱えてその下をくぐった。通路に出る。

「待って、……待ってください……！」

必死で男の後を追った。

腹が減ってひもじくて、盗んででも食べたい気持ちは稔にもよくわかる。このまま餓《う》えて死ぬのではないかという状況に陥ったことは、一度や二度ではなかったからだ。

だけど、勝の世話になっている身で、ぬけぬけと盗まれるわけにはいかない。今までも売り物にならないぐらい芋をふかしすぎてしまったり、目を離した隙《すき》に丸ごと盗まれたり、失敗を繰り返している。いつ勝に愛想を尽かされて、出ていけと怒鳴られるかわかったものではなかった。お情けで、置いてもらっているようなものだ。

闇市の雑踏はまっすぐ歩けないほどで、すぐに引き離されて男の姿を見失いそうになった。

男は闇市の端まで走り、角で曲がって姿を消した。見失ってキョロキョロしていると、稔はいきなり路地に引っ張りこまれ、胸元をつかんで締め上げられた。

「ぐっ」

容赦のない力に、喉《のど》がなる。

ひどく人相の悪いその男が、嬲《なぶ》るように稔に顔を寄せてきた。人気のないところまで来たから、反撃することにしたらしい。

「えらく綺麗《きれい》な顔をしてるな、女か？」

——どこがだよ……！

稔は声を出せないまま、心の中で反発した。

切れ長の目が形良く、頬《ほお》が少しふっくらとして色白の稔は、どこか人目につくところがあるらしい。

進駐軍の暴行を恐れて髪を坊主にしたり、男装をする女性もいたから、痩《や》せて身長もそこそこな稔はなおさら区別しにくいのかもしれない。

「はな——せ……！」

どうにか声を押し出した途端、みぞおちを男に殴られた。

「っぐ！」

痛みに、稔は地面に崩れ落ちる。兵隊崩れが多いから、体術ではかなわない。その懐に、男が手を差しこんできた。そこにあった売上の入った財布を奪われそうになって、稔は必死であらがおうとする。だが、さらに肩を殴られて、泥水の中に突き飛ばされた。

それでも、財布を盗まれるわけにはいかなかった。これまで奪われたら、勝に申し訳ない。ただでさえ、役立たずの無駄飯食らいだ。

渡してはなるものかと、必死になって男の腕に食らいつこうとする。だが、さらに顔面と肩を殴られて転がった。

「待って……！」

泥だらけになりながら慌てて上体を起こし、男を追おうとする。そのとき、男の退路を塞《ふさ》ぐように路地の入口に別の男が立った。

「何をしている」

「……っ！」

その姿を地面から見上げて、稔は息を呑《の》んだ。

泣く子も黙るGHQ。連合国最高司令官総司令部。『マッカーサー将軍の命により』という言葉が流行語となるほど、GHQの権限は今の日本では絶対的なものだった。

だが、そのGHQのカーキ色の軍服を着て立っているのは、アメリカ人には見えない。軍帽の下に見えるのは、東洋人の顔立ちだった。黒髪に、精悍《せいかん》な顔立ち。切れ長の双眸《そうぼう》は、抜き身の日本刀のような冷ややかな光を放っている。

——日本人……？

一瞬そう思った。

だが、ＧＨＱの中には日本人のように見えてもそうではない者が大勢混じっているのだと噂《うわさ》で聞いた。日系二世の軍人たちが、いつでも危険な思想はないものかと聞き耳を立てているから、お上に逆らうようなことをしゃべるときには気をつけなければならない、と。

彼は泥だらけになって地面に転がった稔の姿を一瞥《いちべつ》してから、男に言った。

「奪ったものを置いていけ」

なまりのない、綺麗な日本語だった。だが、高圧的で、上から鞭《むち》で叩《たた》きつけるような鋭さがこめられている。

彼の姿に男は鼻白んだが、一人だと見て、闇雲にかかっていこうとした。その瞬間、彼は腰の銃に手を伸ばした。

その反応に、盗んだ男は焦ったように両手を上げた。

「わかった！　撃つな！　いいな、ここに置いていくから……！」

その男は懐にゆっくりと手を差しこみ、稔の財布を取り出して地面に置く。

そうしてからまた両手をあげてじりじりと離れ、距離が開くと脱兎《だっと》のように身を翻して道の向こうに消えた。

ＧＨＱの軍服を着た男はその男の姿を見送ってから、銃から手を離した。稔に軽く顎《あご》をしゃくって、財布を拾えと伝えているようだ。

「あ、……ありがとうございます」

泥だらけになった稔は立ち上がり、おずおずと彼に近づいて、地面に置かれたぼろぼろの財布を両手で拾いあげた。中はずしりと重い。小銭ばかりだが、今日の売り上げを失わずにすんだことにホッとして、稔は小さく笑った。

それから、好意と緊張が混じった眼差《まなざ》しを目の前のＧＨＱの軍人に向ける。

少し前まで、『鬼畜米英』と恐れられたアメリカ兵だが、日本の地に現れたときには驚くほど友好的で陽気に見えた。それでも、まだまだどこかに垣根はある。完全に彼らに対する警戒心が消えたわけではなかった。

――この人は日本人？　アメリカ人？

稔にはその区別がつかない。通訳やいろいろな役目で、ＧＨＱに協力する日本人は大勢いると聞いていた。だが、彼は軍服を着こなしていて、姿勢がいい。軍人にしか見えない。

ぼうっと見とれていたが、彼の氷のような目に見据えられて、ふと自分の姿を顧みた。

引き揚げてきたときから着たきりの、ぼろぼろの国民服。髪は伸び放題で、前髪が顔の半分ぐらいまで覆っている。頬についていた泥を、稔はごし、と手の甲で擦《こす》った。だが、逆に汚れが広がっただけかもしれない。

「その、……ありがとうございます」

急に恥ずかしくなって稔はうつむき、彼に深々と頭を下げた。顔を上げたとき、彼の氷のような眼差しが少しだけ和んだ気がした。

「いや。ケガはないか」

そんなふうに言われて、驚く。誰かを思いやるという心の余裕は、今の日本人から全面的に失われていたからだ。

毎日食べられるか、この冬を餓死せずに越せるか。

そんなことが一番の心配事の、余裕のない日々だった。

少し前まで敵だったはずの相手からそんなふうに思いやられるなんて意外すぎて、思わず稔は微笑《ほほえ》んでいた。

「大丈夫です」

嬉《うれ》しい。くすぐったい。

張り詰めた胸に、ほのかな温《ぬく》もりが生まれる。

微笑みの余韻を残して彼に視線を向けると、彼は少し驚いたような目を稔に向けていた。

——あれ？

自分の何がそんなふうに彼を戸惑わせているのか、稔には皆目わからない。自分が汚なすぎるのかもしれないと焦って、またごしごしと顔を擦る。

その姿に彼は氷のような双眸を和ませ、クスリと笑い声を漏らした。

「上玉らしいのに、そんなに顔を汚してはダメだ。一度身綺麗にして、その顔をあらためて拝みたくなるな。よければ、風呂《ふろ》にでも連れてってやろうか」

——風呂？

その言葉に、稔はまたビックリする。

夏の間、行水するのがせいぜいで、熱い湯船に浸《つ》かったのは満州にいたときが最後だ。

彼の意図がわからなくてぽかんとすると、強引に腕を引かれた。

「決めた。ついてこい」

何気なく手首をつかまれているだけなのに、振り払うことができないほど彼の力は強かった。

すっきりして見えるのに、軍人だからさすがに鍛え方が違うのかもしれない。

「ですが、俺《おれ》、……っ、男ですよ？」

上玉とか風呂とか、不穏な感じがした。まさか、自分はまた女性に間違われているのだろうか。すでに少年とは言えない年齢であり、戦争末期ならば徴兵されてもおかしくない年齢だというのに。

稔の声に、彼は肩をすくめた。

「男ってことぐらいは、わかってる」

だったらなおさら、相手の意図がわからない。

だが、腕を振り払うことができずに、稔は大通りまで連れ出された。路地に止まっていたＧＨＱのジープの見張りをしていた男に彼は金をやって追い払い、助手席に稔を押しこんだ後で、運転席に回りこんでエンジンをかけた。

「どこに行くんですか？」

聞いてみたが、彼は答えない。どうしてジープに乗せられたのか、稔にはわからないままだ。

だが、ＧＨＱに対して漠然とした憧《あこが》れがあった。ジープの高い座席から見下ろす景色も、稔の胸を弾ませる。

ＧＨＱは支配者であり、日本に平和と自由をもたらす人々だ。そんな宣伝が、あちこちでなされている。彼らの持つ潤沢な物資も、嫌というほど見せつけられていた。

稔を乗せたジープは、ぼこぼこの大通りを弾みながら走った。

アメリカ軍の進駐によって、街の雰囲気もだいぶ変わった。日比谷《ひびや》の交差点には英語の道路標識や看板が立ち、堀端《ほりばた》の第一生命ビルにＧＨＱの総司令部の本拠地が置かれていた。焼け残った多くのビルが接収されてスタッフの住居や病院などに使われ、日本人の個人住宅や、ホテル、公民館なども、まともなものは数多く接収されていた。

残る建物は焼けて崩れ、窓ガラスも割れたままだ。その隙間を縫うようにバラックが建ち並び、食糧不足を補うための家庭菜園がいたるところに作られている。

ジープが止まったのは、日比谷からそう離れていないビルの前だった。接収された元ホテルらしく、その入口には日本人立ち入り禁止の看板が大きく掲げられている。

その表示に足がすくんだ稔だったが、彼はこともなげに稔の背に触れ、押しこむように中へと連れこんだ。

三階まで階段を上った後で、廊下に並んだドアのうち、一番奥にあるドアを開くと、高級なしつらえの室内が見えた。机と椅子《いす》のある部屋が手前にあり、奥にはベッドがある。二間続きだ。

稔はその部屋に付随した浴室まで、まっすぐ連れこまれた。

「たっぷり磨いてこい。湯はこのように出す。石鹸《せっけん》はこれだ。好きなだけ、湯につかれ」

彼はそれだけ言って、出ていく。

いっこうに意図がわからなかったものの、それでも久しぶりの風呂に心が弾んだ。

稔は湯が溜《た》まるのも待ちきれず、服を脱いでバスタブに座りこみ、頭のてっぺんから熱いシャワーを浴びた。汚れすぎていてなかなか石鹼が泡立たず、しばらくはお湯が濁るほどだったが、何度も洗っているとわしゃわしゃ泡立つようになる。

全身からボロボロと垢《あか》が取れ、一皮剝《む》けたようだった。人心地ついた気分で放心していると、彼がノックして顔をのぞかせた。

「洗ったか？」

「あ。はい」

裸のまま、バスタブで身じろぎした。彼は稔のほうをチラッと眺めただけで、そこに置かれた汚れた服を籠《かご》に入れ、代わりに何かを置いた。

「タオルと着替えだ。これを着ろ」

「……はい」

彼が消えてから、稔はこわごわとバスタブから上がる。

置かれていたタオルはふかふかで、身体を拭《ふ》くのもはばかられるほどだった。置かれていた洋服も新しくて、これを自分が身につけていいのかと狼狽《ろうばい》する。

極端な物資不足だったから、新品のワイシャツなどはサラリーマンの月給の半額ぐらいしていた。なのに、真っ白なシャツとズボンと下着までがそろえて置かれている。

——……着替えろって言ってたよな？

もしかして、彼がまず稔を風呂に入れて着替えさせたのは、好意からではなく、自分が臭かったからなのだろうか。自分から流れ出した濁った水を思い出すと、足がすくんで恥ずかしさに目眩《めまい》がする。

——だけど、あんま綺麗にしてる余裕はなかったんだし。

自分に言い訳してから、稔はおそるおそる新品の服を身につけていった。

バスルームの鏡で見た自分は、いつもとは別人のようだった。長めの黒髪に隠れがちになる切れ長の大きな目に、細面。大きめのシャツの衿《えり》から、鎖骨がすっかりのぞいている。汚れを落とすと、肌の色までずっと白くなったように思えた。生まれたての雛《ひな》のように、全身が敏感になっているようにすら感じる。

バスルームから出てキョロキョロしていると、居室で机の前の椅子に座り、ゆったりと長い足を組んでいる彼の姿を見つけた。

日本人のような容姿に見えるが、そのようなポーズなどはアメリカ人じみている。

「そこに座れ」

稔に気づくと、彼は向かいの席を指し示した。

その椅子に腰を下ろすが、まばゆいばかりの新品のシャツをつけていることで、腰が落ち着かない。

「これ、……着てもよかったのでしょうか」

おずおずと尋ねてみる。

ほっそりとした稔にちょうどいいサイズはなかったのか、長袖《ながそで》のシャツはぶかぶかだ。肘《ひじ》のところで折りたたんでいる。ズボンも大きめだったが、ベルトで締め上げれば、大丈夫なようだ。

「ああ。前に着ていたものは、処分した。ボロボロだったからな。それを代わりに着ろ。……風呂に入れて磨いたら、見違えるほどになったな」

賞賛するかのような視線を浴びせかけられて、稔は身じろぎした。

「あの……」

何を言っていいのかわからずにうつむくと、彼は支配者の口調で言ってきた。

「自己紹介がまだだったな。俺は、ルーク・ハラダだ。GHQの大尉でもある。両親ともに日本人だが、俺はアメリカで生まれた二世だ」

――ルーク・ハラダ。

その名前が、稔に違和感を与える。日本人に見えるのに、そうではない相手。稔は生まれは日本だったが、育ったのは満州だ。日本国籍なのは変わらない。

――だけど、ハラダさんはアメリカ人？

それとも、日本人として協力しているのだろうか。

名乗られたのに気づいて、稔も名乗った。

「俺は、東井《あずまい》稔です」

「稔か。風呂に入れたら、本当に別嬪《べっぴん》になったな」

和んだ眼差しにつられて、稔は気安く口を開いていた。

「別嬪とは、女性に言う言葉ですよ」

アメリカで育ったハラダは、日本語能力に少し問題があるのかもしれない。そう思って訂正したのだが、戻ってきたのはより深くなった笑みだった。

——あれ？

知っていて、わざとその表現を選んだのだと知って、稔の鼓動が狼狽で跳ねあがる。だとしたら、どういう意味なのだろうか。ハラダに見つめられているだけで不思議と鼓動が落ちつかなくなるのを感じていたとき、不意に腹が大きく鳴った。

「わ……！」

いつでも腹を減らしているのだが、こんなときに盛大に鳴り響かせる自分が信じられない。

焦って耳まで真っ赤に染めると、稔の前でハラダがくくっと喉を鳴らした。

「腹ぺこか？」

「……すみません」

「謝ることはない。ここで何か食べていくか？」

その言葉に、生唾《なまつば》が湧《わ》いた。

進駐軍は豪華な食事を食べていると、やたらと噂になっていた。闇市の近くに駐屯している兵舎からその残飯が仕入れられて、闇市で雑炊として売られているほどだ。

お腹《なか》いっぱいになるまで食べたのは、いつが最後だったのかも稔は思い出せない。売り物にならないふかし芋の傷んだ部分や端を囓《かじ》って、餓えをしのいでいる。たまに勝がそれ以外のものを持ってきてくれるのを、楽しみにしていた。

遠慮すべきだと思いながらも、目の前に差し出された誘惑はあまりにも強すぎる。ＧＨＱは子供たちに、チョコレートを配っているとも聞いた。それを一かけらでいいから、食べてみたい。

その誘惑を退けられずにいた。

そんな稔に、ハラダは柔らかくうなずきかけた。

「実は俺もまだ、昼を取っていない。ここに二人分、運ばせよう」

言うと、ハラダは部屋のドアを開いて、廊下にいた兵を呼び寄せて英語で何やら命じる。

「イエス、サー！」

そんな返事が戻ってきた。

——何か食べさせてもらえる。

考えただけで稔は余計に空腹を感じて、ぐううと腹がもう一度鳴った。


肉と豆を煮こんだ赤いシチューに、パンにソーセージ。アイスクリームにコーヒー。それに、銀色の紙に包まれた何か。

それらがいかにも軍隊のものらしい四角い銀色のトレイの上に、載せられて届けられた。目の前のテーブルにトレイが置かれたときから、稔は釘付《くぎづ》けになってしまう。細長いパンとソーセージだけでも、とんでもないご馳走《ちそう》に思えた。

「わ……」

それに、アイスクリームを食べたのは、満州のハルピンのカフェに両親とともに行ったときが最後ではないだろうか。

どれもこれもおいしそうだったが、何より甘いものに魅了された。

「好きに食え」

お許しを出されて、稔はビクンと肩を揺らす。

「アイスクリームから食べてもいいですか」

ハラダは鷹揚《おうよう》にうなずいた。

「ああ、溶けるからな。先に食え」

稔はアイスクリームの入った銀色の容器をつかみ、震えるスプーンですくい上げて口に運ぶ。喉が干上がるような奇妙な感覚に襲われたが、舌の上に乗せた途端、甘くてクリーミィな味わいに絶句した。

――すごいおいしい……！

それくらいの言葉では、言い表せられないほどだ。

餓えをしのぐだけで精一杯だった身体に、贅沢《ぜいたく》な甘みが染みていく。かつての自分が、このようなものを日常的に食べていたなんて、信じられない。

ずっと食べていなかったアイスクリームの味を一気に湧き上がってきた唾液《だえき》の中で思い出すとともに、ハルピンのカフェでの両親の笑顔が浮かんだ。必死に頼みこんで稔だけ引揚船に乗せてくれた両親は、今頃《いまごろ》どうしているのだろうか。苦労しているだろうと考えただけで急に胸が締めつけられ、抑えきれずにぼろぼろ涙があふれ始めてしまう。幸せと悲しみは、不思議と表裏一体だ。

「どうした？」

そんな稔に、ハラダがハンカチを差し出した。

「……すみません」

それを受け取って、稔は涙を拭く。ハンカチを使うのも、久しぶりだった。

おいしいものを出してもらったのに、泣くなんておかしい。ハラダまで戸惑わせてはならない。そう思って必死で涙を止めようとしたのだが、上手に出来ない。泣き笑いの表情でもう一口食べると、アイスクリームに涙の塩味が混じった。

黙ってこちらを見守っているハラダに説明しなければならない気がして、稔は口を開いた。

「……俺、……戦争が終わるまで、満州にいたんです。父が、……満鉄で。……ハルピンで、……アイスクリームをみんなで食べたのを、……思い出しちゃって……」

途中で涙がまたどっと湧《わ》き上がる。綺麗なハンカチを汚してしまうのを心苦しく思いながらも、どうしようもなくて顔を埋《うず》めると尋ねられた。

「両親はどうした？」

「引揚……船で、……はぐれました。俺だけ、……乗れたんです。もうダメだと言われたのを、……両親が、俺だけ頼みこんで」

そのときのことを思い出しただけで、また涙があふれてしまう。ものすごく混雑した引揚船だった。次に船はいつ来るかわからず、船を待つ人々の間で食料はつきかけていた。

それでも、両親は残っていた全ての食料とお金を、稔に託したのだ。

息子だけでも日本に送り出そうとする両親のあのときの気迫を思い出すと、涙が止まらない。愛されていた。命を代償にするほどに。

「待ち合わ……せてるんです、上野で。………もうじき、つくと思うんですが」

だけど、湿っぽい話などこの時代、いくらでも転がっている。せっかくご馳走してくれたハラダを暗い気分にさせたくなくて、稔はどうにか涙をこらえ、笑ってみせた。

「すみません。……おいしいです、すごく」

おいしくて、泣いてしまうほどだ。

盛りつけられていたアイスクリームが一口ごとに入っていくのを惜しむ気持ちがあって、食べたいのに手が止まる。最後の一口になったのを口に押しこんだとき、ハラダがアイスクリームの入った銀色の容器を差し出した。

「これも食べるか？」

軽い調子の一言に、稔は焦って、恐縮した。

「いえ、いいです、そんな……っ！」

「いい。食え。もう食べ飽きてる」

その言葉に、稔は目を見開いた。

――食べ飽き……。

今の日本のどこに、そんな人がいるだろうか。

本心を言えば、アイスクリームをもっと食べたくて仕方がない。

ようやく涙を止めた稔は、両手でおずおずとアイスクリームの容器を受け取り、いいのかとあらためて尋ねるようにハラダを見つめた。それから、大切に一口ずつ口に運んでいく。アイスクリームの濃厚で贅沢な味わいに、気が遠くなりそうだった。アイスクリームを口に含んでから動きを止めて、全身全霊でその味を受け止めようと集中する。それでも、アイスクリームの味が口の中から少しずつ消えていってしまう。

その姿を楽しげに、ハラダが見ているのがわかったが、止められなかった。

アイスクリームがついになくなってしまったので、稔は次にソーセージを食べることにした。ぷりぷりしたその味がどんなだったのか思い出せないほどだったが、涎《よだれ》が口の中に溜《た》まるのを感じながらフォークを突き刺す。ぷち、と皮を破る音がした直後に、じわっと肉汁が滲《にじ》み出してきた。それを一滴でもこぼしたくなくて、稔は大きく口を開いてかぶりついた。

「っ……！」

忘れかけていた肉汁の味が、口いっぱいに広がった。噛《か》むのも惜しいと思ったが、気づけば粗挽《あらび》きの肉を夢中で頬張っていた。そのたびにおいしい肉汁が湧きだし、気づくといつの間にか大きなソーセージは消えていた。

――え？　もう……ない？　でも、おいしかった。とんでもなく……。

ボリュームのある肉系のものを胃に入れてしまうと、食欲が収まらなくなった。おいしそうなものを一気に食べてしまうのはもったいないと思いながらも、ふくれあがる欲望を抑えきれない。

肉と豆を煮こんだものも、絶品だった。嚙むたびに煮こまれた牛肉がほろりと崩れ、トマトとタマネギが甘くておいしい。牛肉は溶けてしまうほど柔らかく、特に脂肪部分がとろっとろになっていた。豆もほどよく歯ごたえがあって、おいしさというものをあらためて思い出す。

夢中で食べ進めているうちに、たっぷりあったはずの肉と豆の煮たものが空になっていた。兵隊用の食事だったから量は多いはずだが、お腹がいっぱいになっても食べるのを止めることができない。それだけ、心が餓えきっていた。

稔はさらに大きなパンを手に取り、それにかぶりつく。バターとジャムなどいらないぐらい、ふわふわだった。その途中で、自分も食べながらこちらを見守っていたハラダと目が合った。

「うまいか？」

尋ねられて、稔は食べ物を喉に詰まらせそうになりながらうなずく。

「おいしいです！　すごく……！」

「それはよかった」

パンの最後の一切れまで食べてしまったが、トレイにはまだ何かが残っていた。

銀色の紙に包まれたものが何だかわからなくて、手に取ってまじまじと眺めていると、ハラダが教えてくれた。

「チョコレートだ」

「チョコレート……！」

これがそうかと思うとぞくりと震えが走り、食べたくてたまらなくなった。だが、お腹がはち切れそうなほどいっぱいなことでようやく食欲にストップがかかった。こんなに一気においしいものを食べてしまったら、後でバチがあたりそうだ。

だが、今食べておかないと、次に食べられる機会はないかもしれないという不安があった。

稔は顔を上げて、おずおずと尋ねた。

「……持ち帰ってもいいですか」

夢中になって食べ進めてしまったが、勝やその弟の誠《まこと》にこれを分けてあげたいという気持ちもあった。

ハラダはうなずいて、自分のトレイについていたチョコレートも手渡してくれた。

「後で、他《ほか》に土産もやるよ」

その言葉に、稔は次第に不安になる。

この親切の代償を、どのように払ったらいいのだろうかと思ったからだ。

お坊ちゃま育ちの稔だったが、終戦の日に全てが変わった。

襲われ、追われる立場になった。空腹に倒れそうになりながら、両親に連れられて果てのない大陸の道を足を引きずりながらどこまでも歩いたのを覚えている。

日本に戻ってからも、人々は自分のことだけで精一杯だった。この冬は数万人規模の餓死者が出るだろうという噂が立っている。

「どうして、……こんなふうに親切にしてくださるんですか」

不安を殺しきれなかった。自分に利用価値はない。昼間は闇市でふかし芋を売り、夜はおでんの店を手伝っていたが、動きは鈍いし、気が利かないとよくおでん屋の店主から怒鳴られる。

ハラダは整った顔を稔に向け、腹の上で指を組んで、どこか試すように目を細めた。

「どうしてだと思う？」

尋ねられても思い当たることはなかった。多少は見た目がいいと言われることがあったが、男では意味がない。

あまり気が利くとも思えない自分が、ＧＨＱの将校に宿舎まで連れてこられて食事を与えられる理由など思いつくはずがない。正直に言うしかなかった。

「……わかりません。いつもトロいとか、ぼさっとしてるとか、言われるばかりで」

学校の勉強はよくできたほうだが、見回りの警官をごまかすための上手な嘘《うそ》などつけないし、したたかさも、すばしっこさも腕っ節も足りない。

「トロいおまえが、どうして闇市にいられる？」

「仕切っている顔役の人に、助けてもらったんです。その人の弟が、迷子になってるのを見つけて」

「つまりは、お情けで置いてもらってるってところか」

くくっと、ハラダが喉を鳴らした。

皮肉気な物言いが胸に突き刺さるが、事実だけに何も言い返せない。だが、そんな物言いをするハラダのひねくれたところが、稔の心を惹《ひ》きつけた。ハラダからは陰を感じる。

見かけも、立場も完璧《かんぺき》に見える将校なのに、辛酸を舐《な》めた気配があった。もしかして、戦時中にアメリカと日本の板挟みになって苦しい思いをしたのではないだろうか。

もっとハラダのことを知りたくなる。傷を舐めあいたいわけではない。ただ知りたかった。近づきたかった。自分に親切にしてくれる相手に、少しでも役に立つことはないだろうか。

「おまえに頼みたいことがある」

だからこそ、その目で見据えられながら切り出されると、稔は緊張に唾を飲みながら引きこまれずにはいられない。

「……どんな、……ことですか」

その答えが知りたくて、稔はハラダをひたむきに見つめる。

ハラダはコーヒーを一口飲んでから、言った。

「……ようやく戦争が終わった。俺は日本人を助けるために、志願してここに来た。だが、日本人はこの軍服を見ると逃げる。そうでない場合でも、同じ日本人なのに、どうしてＧＨＱの軍服を着ているのかわからないと、裏切りもののように俺を見る。俺に心を開いてくれることはない」

「それは、……その軍服を着ていては、そうですよ」

稔は言いにくかったが、口にした。

ＧＨＱを前にしたら、今の日本人は媚《こ》びるか、恐れることしかできない。真に心を開いて欲しいのなら、その軍服ではダメだ。

「そうだな。わかってる。……だけど、俺はまだ、この軍服を脱ぐ勇気が持てずにいるんだ。日本人の友達ができたら、別だと思うんだが」

――日本人の友達。

ハラダのその言葉が、稔の心にじんわりと染み渡っていった。ハラダが自分に要求しているのは、その役割なのだろうか。それなら、自分でもできる気がする。嬉しさと温もりが、胸の中に広がっていく。

自分でも、いいのだろうか。

ハラダは友達と認めてくれるのだろうか。

――なれるものなら、なってみたい。

目眩がするような緊張を覚えながらも、稔はおずおずと言ってみた。

「……俺が日本を、……案内しましょうか」

言うと、ハラダはうなずいて、柔らかく微笑んだ。

「――俺は日本を知りたい。日本人がどんなことを考えているのか。どんな暮らしをして、何を望んでいるのか。何より飢餓を救うために、どこにどんな食糧があって、どこにないのか、正確に把握しなければならない。こちらには、食糧援助を行う準備がある。――餓死者が出るのを、本気で阻止したいと願っている。だが、日本人が協力的でないせいで、まるで調査は進んでいない」

――餓死者を阻止。

その言葉が、ことさら稔の心を揺さぶった。餓える人々を救いたいのは、稔も一緒だ。いつ自分も、その仲間になるかわからない。

「アメリカは、日本に食糧を援助してくれるんですか」

終戦の年、日本は冷夏による大凶作だった。そのときにも食糧援助はあったのだろうが、配給だけでは餓死するほど量が足りていなかった。そして今は預金が封鎖され、新円が発行され、インフレが凄《すさ》まじい勢いで進行している。生きるだけで、人々は懸命だ。何より食べるものを望んでいる。闇市にいる稔には、それが体感としてわかる。

食糧援助をしてくれるというのなら、いくらでも力を貸したい気分になった。

「……俺は、……何をすれば……？」

おずおずと尋ねたとき、ハラダがゾクリとするような冷ややかな笑みを浮かべた。

——何だ？

罠《わな》にかかったような恐怖とともに、稔の全身がざわりと粟立《あわだ》った。だが、瞬《まばた》きする間にその笑みは消え失《う》せ、目の前には柔らかく微笑むハラダがいる。

狼狽している間にも、ハラダは話を進めていた。

「協力してくれるか？」

「……俺にできることでしたら」

稔はそう答えることしかできなかった。今のが何だったのか、見定めることができない。ハラダは深々とうなずいた。

「それはありがたい。まずは、闇市を目立たないように歩き回りたい。もちろん、軍服ではなくて、着替えていく。案内してくれるか？」

「はい。お役に立てるのでしたら！」

気を取り直して、稔はうなずいた。今のは見間違いだったに違いない。それくらいなら、自分でもできるはずだ。何より餓死者を阻止したいというハラダの言葉を信じたかった。

闇市は入り組んでいるし、奥のほうにいけばいくほど、踏みこむのを躊躇《ちゅうちょ》させるような雰囲気があった。だが、稔にとっては馴染《なじ》みの場所だ。おそらく、ちゃんと案内できるに違いない。

ハラダに見据えられているだけで落ち着かなくなって、心が舞い上がっていく。これは稔にとって、初めての体験だった。すぐにさきほどの奇妙な感じのことなど忘れた。

「だったら、頼む」

言われて手を上からつかまれ、稔はドギマギしながらうなずいた。

「このことは、誰にも内緒で」

さりげなく付け加えられても、乱れるばかりの鼓動とハラダの手の温かさばかりに気を取られて、その言葉の裏にあるものを、見抜くことなど不可能だった。


ハラダの部下が運転するジープで闇市の近くまで送りとどけられた稔は、路上に下ろされてから、みっしりと重い風呂敷を両手で抱えこんだ。

その中にはチョコレートやキャラメルやパン、軍用の缶詰などがびっしりと入れられている。

幸福の重さだ。ハラダが土産だと言って、くれたものだった。

――何もかもおいしかった。お風呂もすごく気持ちよかったし。

何より、ハラダと知り合えたのが嬉しい。日本人の友達になれた。ハラダのことを思うだけで、何だか全身がふわふわするような奇妙な感覚とともに、耳までほんのりと熱くなる。

だが、新品のシャツとパンツで闇市の中を歩いていると、やたらと人にぶつかられた。持っていた荷物を何度も奪われそうになってからは、必死になって抱えこむようにして歩いた。

――狙《ねら》われてるんだ。俺の身なりが、綺麗になったから。

そう思うと、周囲の人々が怖《おそ》ろしくなる。

一度突き飛ばされて転んでしまったから、新品のシャツはあっという間に泥で汚れた。

すでに夕方になっていたが、闇市の通りは夜遅くまで人が途絶えることがない。

稔はどうにか、ねぐら代わりのバラックの二階に辿り着いた。このあたりのマーケットのバラックは、たいてい一階が飲食店で、二階が連れこみ宿になっている。

手伝っていたおでん屋の主人が、数日前に親戚の骨を引き取りに行ったために、稔はその留守を任されることとなっていた。その間はおでん屋も閉じることになったから、仕事は昼のふかし芋売りだけになって、このところずっと楽だ。

二階にあがってから稔は風呂敷を開け、その中の宝物のようなチョコレートやキャラメルを数えながら積み上げた。

「……すごい」

毎日の食糧にもことかく生活を送っていた稔にとって、信じられないほどの宝の山だった。

占領軍からの軍事物資や放出品は、闇市で珍重されていた。これはお世話になっている勝に全て渡すべきだとわかっていたものの、パッケージの絵を見ては中身の味を想像してみる。

しばらくそんな遊びに浸っていたとき、不意に階下から声がかけられた。

「稔！　稔！　いるか……！」

呼ばれて、稔は二階から声を放った。

「いるよ！　ここ！」

二階建てといっても、バラックの上は屋根裏部屋のようなスペースだ。一階からはしごを伝い、穴を開けただけの入口をくぐって勝がのっそりと入ってくる。

勝は兵隊服を身につけた、二十過ぎの精悍な男だった。終戦時には本土にいたから、すぐに戻ることができ、ここで生計を立てるためにヤクザの一員となったそうだ。

稔が並べていたものを見つけて、勝は「お」と小さくつぶやいた。

「どうしたんだ、それ」

勝の眼光は鋭い。

稔の前でどっかりと腰を下ろして、あぐらを組む。積み上げた缶詰やチョコレートの包みに、あやしむように稔を見た。

ハラダのことをどう説明しようかと、稔は少し悩んだ。

「……もらったんだ。父《とう》さんの知り合いだっていう兵隊さんと、闇市ですれ違って。今は、進駐軍で通訳とかしてるんだって」

「それでこれか？　新品の服までくれたなんて、豪勢だな」

勝は一目で稔の服装が変わったことを見抜いたらしく、じろじろと眺めてくる。二階は薄暗い裸電球が一個あるだけだから、細部まではしっかり見えないはずだ。だが、お風呂に入れてもらったことまで見抜かれそうで、稔はドキドキした。何故風呂に入れてもらったのかと説明を求められれば、稔にもわからないことなので、どうにも答えられない。

「も、もう、その人は、仙台《せんだい》に行っちゃうそうなんだけどね」

「GHQには気をつけろ」

勝から腹に響くような声で返されて、稔はドキリとして飛び上がりそうになった。

「な、……何で？」

「何ででもだ。やつらには逆らえない。それに、……人狩りのようなことをしてると聞いている」

「人狩りって……」

「戦争中の将校やなんかを、探して捕まえてるって話だ」

「何で？」

「知るかよ」

国際法に関する知識など、稔にはなかった。勝にもピンとこなかったのだろう。

「GHQはダメなの？」

自分が今日、ハラダと接触したのは、この闇市から追いだされるような禁忌だったのだろうか。不安になって尋ねると、勝は日焼けしたいかつい顔をほころばせた。

「全部が全部、悪いわけじゃねえ。だが、気をつけろ。おまえみたいなのは、女と間違えてかどわかされる」

稔がＧＨＱと接触したなんて、はなから思ってもいないらしい。稔だって今日の突然の出会いがなかったら、ＧＨＱと接触するなんて考えられなかっただろう。

「そんなに間違えられないよ！　最近は、ちょっと背も伸びたんだから」

稔は言ってから、丁寧に並べたチョコレートや缶詰を、風呂敷に包み直した。両手でそのまま、勝に差し出す。

「これ、……皆さんで」

「いいのか？」

少し惜しい気もしたが、自分の立場としてはこれが一番いいはずだ。一人で隠し持って独占することなど、稔には考えられない。

「俺は皆さんのおかげで、どうにか食べていけてるから」

「そうか」

稔は風呂敷を受け取りがてら、代わりに稔に紙の包みを差し出した。

「これを」

勝がここにやってきたのは、夕飯代わりのジャガイモを渡すためだったらしい。

一口だけでもチョコレートやキャラメルを食べてみたかったが、ここで未練を出したらいけない。

今日は軍の料理をご馳走になった。これ以上の贅沢をしたら、バチがあたる。

軍の放出品は高く売れるし、チョコレートやキャラメルは垂涎《すいぜん》の的だ。勝の弟の誠も、さぞかし喜んでくれるだろう。

「悪いな。これなら、……高値で売れそうだ」

勝は風呂敷を引き寄せた後で、缶詰を手にして満足気に微笑んだ。

缶詰には肉らしきものやコーンらしきもののカラーのイラストがついている。英語がわからなくても、だいたいの予想がついた。だが、勝はチョコレートとキャラメルを風呂敷から取り出して、一個ずつ床に置いた。

「これは、おまえが取っとけ。他は、ありがたくいただく」

「……いいの？」

「あたり前だ」

闇市の運営は楽ではない。

取り締まりに来る警察に、手心を加えてもらう必要もある。そんなことにも使うのかもしれない。

勝は稔の髪を、大きな手でくしゃくしゃと掻《か》き混ぜてから、尋ねてくる。

「ここの生活に、不自由はねえか？」

おでん屋の二階を預かる前までは、稔は勝と誠と一緒に、別のバラックで暮らしていた。ここを空にしておくと見知らぬ人が住み着くかもしれないからと、稔が寝泊まりすることになったのだ。

「大丈夫」

「風紀上、少々やばい場所かもしれねえけどな。ま、稔も大人になったんだし」

ニヤニヤしながら言って、勝は風呂敷を抱えてはしごを下りていく。それを稔は上から見守った。

ここに来た当初は、夜な夜などこかから聞こえてくる動物みたいな女性の声に、驚いたものだ。おでん屋を手伝っているときも、たまに客とお姉さんが二階に上がっていくことがあった。どうしてなのかわからなかったが、今ならさすがにわかる。

今日も甘い声が近くのバラックから聞こえてくるのを聞きながら、稔は明かりを消して、寝床に潜りこんだ。通りに面した引き揚げ式の窓から漏れる光の中に、チョコレートとキャラメルを並べる。

――嬉しい。

自分にこれが残されたことが。

キャラメルやチョコレートを眺めるだけでも、ハラダと会ったことや、かわした言葉を思い出すことができる。

だが、すぐに昼間の疲れもあって眠りこんでしまった。

翌朝も早くから働くことになる。

一日が過ぎていくのは、あっという間だった。

朝早くからサツマイモを洗い、切ってふかして売っては、また一から何度もそれを繰り返す。

毎日のチョコレートとキャラメルの量を決め、仕事が終わってからそれを大切にちびちび食べるのが何よりの楽しみとなっていた。

その楽しみも尽きたころ、稔の屋台に陰が差した。

「やあ」

屈託なく声をかけてきたのは、復員服を身につけたハラダだ。前に見たときのようなＧＨＱの軍服ではなく、階級章を剝ぎ取《は》った日本軍のカーキ色の軍服の上下に、前つばの帽子を目深にかぶっている。背には雑嚢《ざつのう》を背負っていた。

そんな格好で現れるとは思っていなかっただけに、稔はビックリして彼の姿をまじまじと見つめた。

「ハラダさん……」

「どうかな。馴染んでる？」

どこかいたずらっぽい笑みを投げかけられた。いくら日本軍の軍服を身につけていても、凜々《りり》しすぎる立ち姿や、ひ弱さのかけらもない体格。どこか硬質な冷たさを感じさせる眼差しは、敗戦国の軍人らしくはない。それでも外見だけなら、ハラダは十分に日本人に見える。

「あと、……もう少し薄汚れて、くたびれた雰囲気になれば十分ですよ」

言いながら、稔はハラダに見とれてしまいそうな目をもぎ離した。頰や耳が熱くて、ドキドキする。

見つめ続けると、心臓がどうにかなりそうで怖い。

あれから毎日、ハラダと再会することだけを楽しみにしてきた。

会いに来てくれただけでも嬉しい。

――日本の友達として、認めてくれたのかな。

自分がハラダの役に立てるかもしれないと考えただけで、舞い上がりそうだ。

だが、勝に言われた言葉が胸に引っかかっていた。

――GHQには気をつけろ、って。

人狩りのようなことをしていると言っていた。だが、ハラダはそんな目的で日本に来たのではないはずだ。日本に食糧を援助するために、情報が必要だと言っていた。そのために、人々の生活に接したいのだと。それを自分は、助けなければならない。

「出られるか？」

言われて、稔は目の前の皿に並んだふかし芋を見た。これで最後の回だったが、少し前に並べたばかりだからまだだいぶ残っている。

稔の表情からそれを読み取ったのか、ハラダが中に入ってきた。

「手伝おうか？」

稔が屋台を出しているのは、二階建てのバラックの前で、横幅は一間ぐらいしかない。二人入れば、ぎゅうぎゅうだ。

もともと並べたら、すぐに売れるふかし芋の屋台だ。そこに見目麗しい男が混じったのが、遠目でも目についたらしい。ハラダは売値と売りかたを稔から聞き、素早く愛想よくふかし芋を売っていったが、いつもよりも女性客が多かったように思える。あっという間に売り切れた。

——なにか、すごい……。

並べれば売れるふかし芋だったが、それでも売りかたに差があるのを思い知らされる。ハラダの愛想のいい笑みを瞼《まぶた》に灼《や》きつけながら、稔は使った皿や容器を共用水道で洗った。背後にハラダがやってきたのに気づくと、振り返って深々と頭を下げた。

「ありがとうございます」

「いや、なかなか楽しかった。ああいうのは、初めてだ」

片付けを済ませて、稔はハラダに闇市を案内する。すぐに顔見知りの露店の店主から、からかうような声をかけられた。

「誰だよ、この色男は」

「田舎の親戚です」

そんなふうにごまかせと、ハラダから言われていた。やたらと知り合いから声をかけられたのは、ハラダが目につくほどの色男だったせいなのか、それとも稔の態度がどこか浮かれていたせいなのか、よくわからない。

稔が根城にしている新橋の西口の駅前には、びっしりとバラックが連なっていた。米に野菜に、肉や卵。皿やタライやたわしなどの生活必需品。さらには、おいしそうな匂《にお》いを放つ食べ物の屋台。

日が暮れるとそれらは飲み屋に変わるが、昼間はその前で物を売っている店が多い。

大勢の人たちの中を、稔はハラダと連れだって歩いていく。はぐれないために、ハラダのほうから手をつないできた。

「っ」

そのことにドキリとする。

子供扱いされているのだろうか。つながれた手に意識を奪われている稔とは対照的に、ハラダは物珍しげに闇市を見回し、あれは何だ、これは何だとひっきりなしに尋ねてきた。

「お寿司《すし》です。といっても、おから寿司ですが」

「おから寿司とは何だ？」

「おからというのは、豆腐を作った絞りかすの部分です。米は統制品なので、おおっぴらには売買できません。おからの上に、ベーコンが乗ってます。五個で十円」

「おから……」

「食べてみます？　けっこうおいしいですよ」

これくらいなら、稔が毎日貯《た》めた金で支払うことができそうだ。

少しだけ誇らしい気分になって、稔はそこにハラダを連れていく。注文したおから寿司を、一緒に食べた。おからは喉に詰まることをハラダは知らなかったらしく、途中でしゃっくりを始めたのに気づいて、焦りながら隣の共同井戸まで連れていった。

コップに入れた水を渡し、ハラダのしゃっくりが収まったころにおそるおそる聞いてみる。

「……おいしかったですか？」

稔にはかなりおいしく感じられたが、考えてみればハラダはアイスクリームだのビフテキだのという豪華な食事を毎日しているのだ。ここの食べ物が、ハラダの口に合ったか心配になった。

ハラダは不安そうな稔の表情に気づいたのか、軽く笑ってうなずいてくれた。

「ああ。とてもおいしかった。ところで、銀シャリの寿司というのはないのか？」

「あることはありますけど、……すごく高いんです。それと、始終やり方が変わっていて」

警察の手入れに合わせて、闇市の寿司の販売方法はころころ変わっていた。一合の米を持参した上に、さらに五、六十円渡すと寿司が食べられるときがあったり、米なしで出してくれるときがあったりする。厳しいときには、外食券がないとダメだ。

銀シャリの寿司など稔には無縁だったために、最新のやりかたはわからなかった。

「聞いてみますね」

寿司屋に行き、顔見知りの主人にダメもとで頼んでみると、大丈夫だと返事があった。六十円という稔にとっての大金はハラダが出してくれて、握り三個と海苔巻き四個が乗ったものが、一人前として出される。具はマグロにタコに、知らない魚だった。

銀シャリの寿司など贅沢すぎて自分まで食べるつもりはなかったのだが、ハラダは稔の前に皿を差し出した。

「半分、食べろ」

「え？……いいんですか？」

「いいよ、もちろん」

優しく言われると、何だか泣きたくなる。終戦のときから、全てが変わった。何があっても生き抜くために心を凍りつかせているというのに、ハラダから伝わる優しさが胸の氷を溶かしそうになる。

ハラダといると、何かが変だ。

甘えたいような、もっとべたべたしたいような甘ったるい感情が湧きだすことに狼狽した。

「では、いただきます」

闇市に四ヶ月ほどいるが、銀シャリの寿司など一度も食べたことがない。両手を合わせて拝んでから、稔はマグロの寿司をおずおずと手にして口に運ぶ。

口の中にいれただけでほろりと崩れる寿司は信じられないほどおいしくて、寿司飯の風味や米のねばりを味わうために無言になった。

だけど、咀嚼《そしゃく》するたびに罪悪感が湧きあがる。米が一粒も入っておらず、得体の知れない葉っぱしか入っていない雑炊のようなもので、餓えをしのいでいる人々だって多いのだ。そんな安い鍋《なべ》の屋台の前には、いつでも大勢の人たちが並んでいた。それすら食べられない人だっている。

両親は果たしてちゃんと食べられているだろうか。おいしいものを食べるたびに、不安と切なさが稔の胸を締めつける。

「うまいか？」

ハラダに尋ねられて、稔はハッとしてうなずいた。

「すごく……おいしいです」

今日こそは、おいしいものを食べさせてもらって泣くわけにはいかない。そんなふうになったら、ハラダに申し訳ない。

横を見ると、ハラダがどこか危なっかしい手つきで箸《はし》を使っていた。ぽろっと落としたのを見て、稔は小声でささやいた。

「指でもいいですよ」

日本人として振る舞おうとしているらしいハラダを馴染ませるのが、自分の使命だ。役に立ちたくて、懸命になる。

見本のようにタコの握りを指で摘《つま》んで口に入れると、ハラダが真似《まね》をするのが楽しかった。

「おいしいですね」

銀シャリの寿司の味にあらためて笑顔になり、ハラダにうきうきと話しかけていると、通りがかった顔なじみの男がふと足を止めて話しかけてきた。

「よう、稔。寿司とは豪勢だね。つれのお兄さんは、軍人さんかなんかかい？」

「ええ、陸軍におりました」

ハラダは応じた。

「陸軍はどこに？」

何か助け船を出さなければいけないかとハラハラしたが、ハラダは嘘を感じさせない口調で答えた。

「九十九里《くじゅうくり》に」

姿勢のいいハラダは、元軍人に見える。それからも何人かから話しかけられたが、ハラダの応答は場に馴染んでいた。

稔などいてもいなくても、ハラダなら闇市を危うげなくうろつけそうだ。安心したような、自分が役に立てなくてガッカリしたような気分になる。

寿司を食べ終わってからも、稔はハラダと一緒に闇市をうろついた。代用うどんとは何だと尋ねられたり、三角くじを珍しそうに眺められたり、闇市で売っているありとあらゆるものについて細かく質問される。それに答えているうちに、奥のほうにやってきた。

そのあたりの店舗は、全て戸を下ろしていた。通る人は少ないが、あちらこちらにさりげなく人が立っていて、監視されているような雰囲気のある一角だ。

「ここは」

異様な気配を察したらしく、ハラダが尋ねてきた。

「禁制品の中でも、特に取り締まりが厳しいものを扱っているところです。閉まってるように見えますが、叩くと中に入れてもらえます」

「どんなのを扱ってるんだ？」

「米とか酒とか、外食券とか、米ドルとか、……米軍横流しの品とか」

外食券食堂や旅館、喫茶店以外の飲食店は、本来ならば営業禁止だ。酒も自由販売が禁止されており、バクダンと言われる代用酒が闇市では流通していた。その中毒によって失明者が出たり、死者も出ている。

ここは他の場所よりも路地が狭くて薄暗く、風紀も悪かった。稔も勝の使いでしか、来たことがない。早くここから立ち去りたかったが、ハラダは興味深そうに路地を見回し、離れようとはしない。その姿が目についたのか、顔見知りの闇市の用心棒が稔にとがめるような視線を送ってくる。

稔が一緒でなかったら、ハラダはすぐにここから連れ出されていたことだろう。

監視の目をごまかすために移動した後で、ハラダはその奥の一角にある、空襲で焼け残ったビルを指さした。

「あそこには、どんな人が住んでるんだ？」

稔は一瞬、戸惑った。

何度か、稔は勝に言われてそのビルに食べ物を届けに行ったことがある。そこでは、人目を避けるように人が暮らしていた。

――たぶん、元軍人。
四、五十代ぐらいの痩せた男だ。食べ物を渡すと、稔にきちんと礼を言った。その姿は、悪人には思えなかった。
だが、どことなく彼のことに触れてはいけないような雰囲気を、稔は勝やその仲間たちから感じ取っていた。

「よく、……わかんないんですけど」

「その前に、大きめの建物がある。そこに、ヤクザと思われる人々が出入りしているようだな。つまり、闇市を仕切っている本拠地だな。だからこそ、その背後にあるビルが、妙に気にかかる」

何気なくぶらついているようにしか見えなかったくせに、ハラダがそのような観察をしていたことに驚いた。

「あそこにも、ヤクザが暮らしてるのか？」

「いえ。そうじゃなくて、あの……」

「だったら、行き場のない子供たち？」

「そうじゃないです」

直接口止めされたことはなかったが、どこかかくまわれている雰囲気のあるあの男のことを、どう説明していいのか、内緒にすべきなのか困る。

稔の表情から何かを読み取ったのか、ハラダはあっさりときびすを返した。

「じゃあ、帰ろうか」

ホッとした稔の肩に、ハラダは腕を回してくる。

人気のない路地を歩くときにギュッとからかうように抱き寄せられて、とんでもなく鼓動が乱れた。


それからも、ハラダは稔の前に現れたので、一緒に闇市や、東京のあちらこちらをうろつくことになった。

週に二、三度、稔は上野駅の両親との待ち合わせの場所に、様子を見に行くことにしている。そのことを告げると、付き合ってくれたこともあった。その後は、上野駅の地下道や、盛り場などを回った。

稔でも足がすくむような治安の悪いところでも、ハラダは物怖《ものお》じすることなく入っていく。そして、あれこれと質問をしてくるのが常だった。

それに出来るかぎり、稔は答えようとした。

今日は浅草《あさくさ》の盛り場を連れ回された後で、接収されたホテルの宿舎に連れていかれた。そこで、ビフテキまで食べさせてくれることになったのだ。

一度でいいからビフテキを食べてみたい、と何気なく口走った稔の言葉を、ハラダは覚えていてくれたらしい。今日の夕食はビフテキだから、と言われた。

ほどなく、銀色のトレイが兵によって運ばれてくる。そこに盛りつけられていたのは、まごうことなくビフテキだった。

肉汁たっぷりの分厚いビフテキにかぶりついた途端、ほっぺたが落ちそうになる。

噛むたびに、肉汁が口いっぱいに広がる。夢中で味わっていると、いつの間にか口の中から消えていた。

それでもう一口と、新たな肉を口に運ぶ。大切に食べていたつもりだったのに、あっという間に肉がなくなってしまったことに愕然《がくぜん》としながら付け合わせのジャガイモを口に運ぶと、かりっと油で揚げてあって、とてもおいしかった。

だけど、やはり幸せと同時に罪悪感を覚えずにはいられない。

日本中が餓えていた。

占領軍としてやってきたアメリカ兵に、取り入ろうとする人々は大勢いた。よりどりみどりの中で、どうしてハラダが自分に目をつけ、こんなご馳走をしてくれるのかわからないままだ。

かすかな不安がよぎった。この幸福の代償に、悪いことが起きそうで。それでも、ハラダから誘われると、断ることなど考えられない。ハラダと一緒にいるだけで、やけに胸がざわついた。

デザートのプリンまで食べ終わったあとで目が合うと、ハラダがかすかに微笑んだ。

その柔らかな笑顔の中に、出会ったときの冷ややかさはまるでない。それでも、どこか表情を作られているんじゃないかと、不安を覚えることがある。

だが、ハラダが自分を騙すことで得をすることがあるとは思えず、疑う自分が嫌だった。

「こんなおいしいものを食べられて、幸せです」

心の底にこびりつく不安を払拭《ふっしょく》するために、稔はあえて声に出して言う。すると、ハラダは少し目を見開いてから、笑った。

「そうか、幸せか」

今度こそ、本心からの柔らかな笑みを浮かべてくれたように思えた。

今日もここに連れてきてもらってから、風呂を使わせてもらっている。だからこそ髪はさらさらで、ハラダのそばに寄っても、自分の身体の汚さを引け目に感じずに済んだ。

会うたびにハラダはいろいろ食べさせてくれたり、お土産をくれたりするが、本当はそんなものは一つもなくてもかまわないのだ。

ただ、会えるだけで嬉しかった。次に会ってもらえるために、役に立たなければならないと張り切ってしまう。いつ関係を断ちきられても、不思議ではないのだから。

「幸せです」

繰り返して言うと、ハラダはまた微笑んでくれた。

「戦時中は、何かと理不尽な目に遭ってきたつもりだった。だが、……おまえを見ていると、俺はずっと恵まれていたような気がするな」

そのつぶやきに、稔はドキリとする。

「俺を……見ると？」

「ああ。苦労してきたんだろ、おまえは」

そんなふうに言われると、張りつめた心がすっと緩んだ。

甘えてもいいような気がして、聞かれるがままに稔は自分の身の上について語った。

引き揚げの最中には、むごい風景も見た。

追われる身となり、歩けなくなった我が子を木に縛りつけて途中の道で残した母親や、現地の人々による強奪や強姦《ごうかん》、殺人も多発した。

心に灼きついた辛《つら》い記憶を消すことはできないけれど、助けてくれた人もいる。

満州から引き揚げてくるときが一番きつかった、と話した後で、稔はつけ足した。

「だけど、……ただ、引き揚げてくるだけだった俺より、……戦場にいたハラダさんのほうが大変だったと思います」

だが、ハラダが稔を見つめる柔らかな眼差しは変わらない。

「少なくとも、一枚のビフテキでそこまで幸せになるほど、俺は餓えてはこなかった」

そんなことを言っても、大変だったことには変わりないだろう。

だが、戦争は終わった。戦争が終わらなければ、こんなふうにハラダと敵味方としてではなく、顔を合わせることはなかったはずだ。

自分のことを話すのではなく、ハラダのことがもっと知りたい。どんな人生を歩んできたのか。焼け野原になった日本に降り立ったとき、どんなことを考えたのか、何をしたいと願っているのか。

何よりハラダが自分に柔らかな眼差しを向けてくるのは、どうしてなのか。

もしかしたら、ハラダの表情が会うたびに柔らかくなっているのは、自分に対する感情が影響しているためではないかと自惚《うぬぼ》れてしまいそうになる。

会うたびに、ハラダの表情が豊かになっている気がするからだ。

――射的で遊んだときとか、変装のために古着屋に行ったときとか。

ハラダは本当に楽しそうに見えた。

稔をからかいながら、心の底から笑っているようにしか思えなかった。

それでもハラダが時折見せる暗い表情が、稔の心に引っかかってならない。

「よければ、……話してください。……俺、……いい聞き役だって、……言われたことがあるんですよ」

引揚船で日本に向かっていたとき、稔は乗り合わせた何人もの身の上話を聞くこととなった。どの話も、身を引き裂かれるほど凄惨《せいさん》な体験だった。だが、話をしたことで、彼らは少しだけ楽になったと言ってくれた。

ハラダは稔の言葉にすっと目を細め、話そうかどうしようか迷うような顔をした。何度か口を開きかけては閉じ、閉じては開いた後で、ようやく口を開いてくれる。

「不思議だな。おまえには何でも話してみたくなる。……俺の両親はアメリカ移民で、ひどく苦労して荒れ地を開墾したらしい。だが、戦争が始まるとその財産の全てを奪われて、収容所に入れられた。日本人以外は、自由の国アメリカで、そのような仕打ちは受けたことはないというのに……。働きすぎる日本人が、人々の仕事を脅かすように思われて、目障りだったんだろうな。俺はこの外見に向けられた白い目を跳ね返すために国に忠誠を誓い、自ら志願して軍に入った。それから、……体験したくない記憶を重ねてきた。日本語が読み書きできることを最大限に生かし、日本軍の捕虜の尋問や、遺品からの情報収集を行いながら、早く日本が降伏してくれることだけを願って過ごした。戦争が長引けば長引くほど、日本人もアメリカ人も死ぬ。同じ時期に志願した友人はどんどん死に、俺の弟も、日本との戦いで死んだ」

淡々とした口調であっても、二つの祖国に挟まれたハラダの苦悩が伝わってくる。

日本では『鬼畜米英』をスローガンに、敵国人を蛇蝎《だかつ》のごとく嫌ってきた。アメリカでも、おそらく敵国である日本人への敵意を燃やしていたはずだ。その日本人と外見が同じハラダは、さぞかし偏見の目にさらされてきたのだろう。

ハラダが漂わせる陰は、そのときの辛い記憶から生まれているのかもしれないと思うと、稔の胸はズキズキ疼《うず》く。

何かハラダの心を癒《いや》せるような言葉を発したい。なのに、気が利いた言葉を何も思い浮かばない自分に歯痒さを覚えた。

言葉もなく、稔はじっとハラダを見つめるしかない。辛い告白を、させてしまっただろうか。

稔の眼差しを受け止めて、ハラダは苦笑した。

「不思議だな。こんな話は誰にもしたことがなかったのに、……おまえなら話せる」

その言葉に、稔の心はよりハラダに引きこまれる。自分が特別扱いされたことに、ドキドキする。

ハラダからますます視線が外せなくなる。

ハラダが自分に顔を近づけてきたのがわかったが、それで何が起きるのかなんてわからずに、ただぼんやりと大きくなるハラダの顔に見とれていた。そんな稔の顎に、ハラダが手を伸ばす。

――え？　あれ？

顔を固定されたが、どうしてこんなふうに触れられるのか、依然としてわからない。だが、顔が近すぎるのが恥ずかしくてうつむこうとしたとき、唇の表面に柔らかくて濡《ぬ》れたものが触れた。

「……っ！」

鼓動が跳ね上がる。

いくら未経験であっても、これがキスだとわかる。恋人同士がする行為だと。

――何で……？

焦りと狼狽のあまり、全身が硬直した。

だが、唇の柔らかさを受け止めるだけでやっとで、頭は真っ白に灼きついたままだ。

時間が止まったように思えた。

次にまともに頭が動いたのは、酸欠の苦しさに大きく息を吸いこんだときだ。

すでに唇は離れている。

だが、ハラダの顔は近くに寄せられたままで、からかうような笑みを投げかけられた。

「初めて？」

その途端、爆発的に稔の顔が真っ赤に染まった。

耳まで茹《ゆ》でダコのように熱くなる。何が起こったのだろうか。焦って身体を引いて、稔は口元を手で抑えておたおたした。

「は、は、は……初めてです」

逃げ出したい。

どこかの穴に逃げこんで、このあり得ない事態について落ち着いて考えてみたい。

質問にはちゃんと答えなければならないという意識が働いて、何とかそれだけ答えることができたものの、途端にハラダが吹き出した。

その笑い声を聞きながら、稔は呆然《ぼうぜん》とするばかりだった。耳と頬が熱すぎて、ジンジンする。唇も熱すぎて、感覚が戻ってこない。

どうしていきなりキスされたのだろうか。

あれは何だか、密《ひそ》やかなものを含んでいたような気がする。

——そう。……まるで、恋人同士のような。

狼狽しながらあらためてハラダに視線を戻すと、ぬけぬけと言ってきた。

「アメリカ式の挨拶《あいさつ》だ。だけど、気にいったようだから、おまえにもっと教えてやろう。アメリカ式のハグの仕方や、もっと親密な関係の作り方を」

アメリカ人は日本人の目には奇異に見えるほど、キスし合ったり、抱き合ったりしている。

それでも、今のキスは何かが違う。アメリカ式の挨拶の中にキスがあるのも知っていたが、今のキスはもっと深い意味を含んでいたような気がして仕方がない。

だが、恥ずかしさにそれ以上は追求できずにいると、ハラダが立ち上がって廊下につながるドアを開けた。

部下を呼んで、稔を闇市のそばまで送るように伝えているらしい。

楽しい時間の終わりが宣告されたのを知って、稔は弾《はじ》かれたように立ち上がった。まだ全身がひどく熱いのを感じながらも深々と頭を下げて、今日の礼を伝えた。

「あの……。今日はありがとうございました。び、び、ビフテキ、ご馳走さまでした」

「また会ってくれるか？」

その言葉に、ドキリと心臓が鳴り響く。

「……も、……もちろんです……！」

即答だった。声が上擦る。

キスのことが頭から離れない。

次に会えば、それよりもすごいことをされそうな予感があった。

どこかもてあそばれているような感覚を覚えつつも、ハラダになら何をされてもいい。もっと近づきたい気持ちを抑えることはできずにいた。

そんな稔に、ハラダがからかうような目をしたまま、尋ねてくる。

「次に何か、食べたいものはある？」

「そんな……十分です」

今日はとんでもなくすごいものをご馳走になった。これ以上ワガママを言ったら、バチがあたる。

それでも、自分を喜ばせるのを楽しんでいるようなハラダの表情を見ていると、稔はそれに応《こた》えたくて言っていた。

「あ、……アイスクリームを」

初めてここにつれてこられたときに食べさせてもらった、あの味が忘れられない。

稔の言葉に、ハラダは微笑んでうなずいた。


闇市のバラックの二階の部屋に帰宅してからも、稔はボーッとしていた。不思議と身体がふわふわしていて、お腹が減らない。それは、あの分厚いステーキのおかげもあるだろう。

空腹にならなかったからなおさら、寝床に転がってハラダのことばかり考えてしまう。

――戦争中は、苦労したって……。

その心を慰めたい。自分に何ができるだろうか。

ハラダが見せた柔らかな微笑みや、キスの感触を思い出しただけで、ひどく息苦しくなる。これはいったい、何だろうか。

ハラダの心に寄り添いたい。少しでも、安らぎを覚えてもらえるような存在になりたい。

そんな思いが、ずっと頭から離れない。

これが恋なのだろうか。稔とハラダは、同じ性だというのに。

パリッとしていて、垢抜けた雰囲気のあるハラダだ。稔にちょっかいをかけなくても、他に大勢、気を引きたがる女性が周囲にいることだろう。ＧＨＱの軍人というだけでも、モテるはずだ。

それでも、ハラダが自分に向けたからかうような眼差しや笑みを思い出すたびに、全身がのぼせあがったように熱くなる。あのキスの意味を、どう受け止めたらいいのか、わからないでいる。

――からかわれただけ。わかってる。……でも。

ハラダは優しかった。

闇市を歩くときに稔の手を引いてくれたり、車道の脇《わき》を歩くときには稔を安全な側に立たせてくれる。ジープに乗るときには、助手席のドアを開けて手を貸してくれた。

それらに特別な意味はないかもしれないのに、さりげない仕草に含まれた思いやりの一つ一つが稔の心を騒がせてならない。

何だかじっとしていられないような気がしたとき、下から大きな声が聞こえてきた。

「稔……！　稔！　いるか……！」

勝だ。

返事をするまでもなく、勝は勝手知ったる様子ではしごを上がって、二階にひょい、と顔を見せた。

「トウモロコシ、持ってきた」

そう言って食糧の入った紙袋を床に置いた勝は、どっかりと座りこむなりクンと鼻を鳴らした。

「どうしました？」

稔は立ち上がって、二階の裸電球に明かりをつける。

「いや、……なんか、いい匂いがしねぇか？」

「いい匂い？」

「そ。……石鹸みたいな？」

勝のその言葉で、今日、ハラダのところで風呂に入れてもらったことを思い出した。そのときの匂いが、自分から漂っているのだろうか。

よそで風呂に入れてもらったことを、勝にどう説明したらいいのかわからない。稔は焦って、風呂敷包みを勝の前に押し出した。

「これ、……またもらった缶詰とかなんだけど」

この間は戻るなり風呂敷を開いていたが、今日はまだ開いてもいなかった。それだけ、ハラダとのキスに気を奪われていた。

勝は風呂敷のほうに身を乗り出した。

「またＧＨＱの通訳の知り合いからか？　仙台に行くとか言ってたが、まだ行ってなかったのか？」

「う、……うん。もうじき発《た》つんだって。……最後に会いに来てくれて……」

「いい男と一緒に闇市をうろついてたそうだが、そいつがそうか？」

勝に尋ねられて、稔は嘘をついている後ろ暗さにドキリとした。

「そ、……そう。まだ赴任前なんだ」

「そいつはＧＨＱに、情報を流してねえだろうな？」

鼓動が跳ね上がったが、勝はさして稔を疑ってはいないらしい。風呂敷包みを開いて、中のものを種類別により分けることのように気を奪われている。

「仙台に行ってから、勤務だって言ってたから大丈夫」

「にしては、こんな物資持ってるなんて不思議だな。仕事前の支度金代わりなのか？」

言いながらも、勝は疑問には思っていないらしい。闇市の無法者にはコワモテに接するのに、身内には甘いところがある。

「こないだのチョコレートとキャラメル、誠がすごく喜んでたが、聞いたか？」

言われて、稔はうなずいた。

「こないだ、たまたま会って、ぎゅっと抱きつかれたよ。また食べたいって言われたけど、……入ってる？」

「ああ。また、誠にやってもいいか？　こんな高級なものを食べさせるなんて、甘やかしすぎだけど」

だが、両親を亡くして二人きりになった勝が、弟にとても甘いことは知っていた。

「もちろん。誠にあげて」

微笑みながら、稔も勝が仕分ける風呂敷の中を眺めた。

前回と同じように、缶詰やパン、キャンディにチョコレートがいっぱい入っていた。

ハラダが自分のために選んでくれたのだろうか。それとも、部下に選ばせたのだろうか。

ハラダのことを考えるだけで、鼓動が落ち着かなくなってくる。それを断ち切るためにも、稔は声を出した。

「それ、……また全部、収めてください」

いつも世話になっている礼とともに頭を下げて言うと、勝は中からキャンディを外して稔に押し返してから、風呂敷を包み直した。

「悪いな。いろいろと、物いりで」

ここの露店街の顔役が一斉検挙されたのが、今年の六月だ。勝は捕まらなかったものの、何かと大変なようだ。日に日に物の値段は上がっているし、取り締まりも厳しくなっている。頭の痛い問題が鬱積《うっせき》しているのだろう。

「——おまえの連れを皆が気にしているようだが、気にすんな。俺の知り合いだと言っておく。だが、奥のほうはあまりうろつくなよ」

勝に重ねて注意されて、稔はうなずいた。

今日もまたハラダは、闇市の奥のほうを歩きたがった。稔は漠然とした不安を覚えて止めようとしたのだが、ハラダは聞いてはくれなかった。

そのときのハラダの横顔は、どこか知らない人のように見えた。

思い出しただけで、胸がギュッと苦しくなる。

ここに入りこむために、自分が利用されているような不安がこみあげた。ハラダを疑いたくはないというのに、ここにハラダを連れて来るたびに不安が抑えきれない。ハラダが闇市の奥まで入りこむのは、今日で三度目だった。

「すみません。注意しときます」

「大丈夫だ。おまえのことは、信じてるから」

勝にあっさりと言い切られて、稔の中で罪悪感がふくれあがった。

勝にハラダのことを話せないままだ。

ハラダに口止めされていたからだが、話したらきっとハラダとの付き合いを禁止されるはずだ。それが稔には辛かった。禁止されても、ハラダに会いたいと願う気持ちを抑えきることはできないだろう。だからこそ、勝にも本当のことは言えない。ハラダがＧＨＱの将校だと。

ハラダも稔が秘密を明かしたことを知ったら、二度と会いにきてくれないかもしれない。

すぐに勝は風呂敷を持って消え、稔は渡されたトウモロコシを囓りながら、二階の正面にある窓から外を見下ろした。

つっかい棒がなければ、閉じてしまうタイプの窓だ。今日もまた狭い路地に、大勢の人がひしめいていた。

——大丈夫、大丈夫。

稔は自分に言い聞かせる。

ハラダは闇市で、日本に食糧を援助するための調査をしているだけだ。ちゃんとその調査だと思えることを、調べていることがある。だから、心配はない。そのはずだ。

——大丈夫。

ハラダのことを、信じたかった。

窓辺に頰を寄せてぼんやりとしていると、近くのバラックから女のかすれたあえぎが聞こえてきた。

心の奥底に吹きたまる不安を押しのけるためにも、稔は甘い想像に没頭しようとする。

ハラダとの口づけを思い出す。もしこれから先、ハラダにキス以外のことを求められたら、自分は断ることができるのだろうか。

――あの目でからかうように見つめられたら、たぶん無理。

男だから求められるはずはないとわかっているのに、考えただけで身体の奥が熱くなる。ハラダの口づけの感触を蘇《よみがえ》らせたくて、指で唇をなぞってしまう。

顎に触れた指の感触や、合間に漏れた吐息の艶《つや》っぽさまで思い出されて、背筋がゾクゾクした。

――どうしよう。

稔は唇をなぞる指を外して、窓枠に真っ赤になった顔を擦りつける。

――ハラダさんのことが好き。

そのことが、ごまかしようもなく実感としてこみあげてくる。

誰かを好きになったのは、初めてだ。同性である相手を好きだと認識するだけでも、たまらない背徳感があるというのに。

それでも、稔はその気持ちから目を背けることができない。

目が合うと、優しく微笑みかけてくれるのが好きだ。

ハラダの中にある陰も、穏やかに、からかうように話しかけてくる声も。

ハラダのことを考えるだけで、くすぐったいような気持ちがあふれ出し、窒息しそうなほど呼吸が苦しくなった。

そんな気持ちが一杯だというのに、自分に近づいてきたハラダの目的を考えると、胸の奥がざわついた。何か怖くなるような秘密が、そこに隠されているような気がしてならない。

だからこそそのことは考えずに、稔は甘い思いに浸った。

――次はアイスクリームを食べさせてくれるのかな。

アイスクリームの甘さとキスの甘さが頭の中で一緒になって、ときめきに鼓動がいつまでも落ち着かない。


その翌日の夕方ごろ、ハラダはいつものバラックの前で、芋売りの片付けをしていた稔の前に現れた。

「やぁ」

だいたい稔の仕事が終わる時間を見計らって現れる。今日も復員服に、目深に軍帽をかぶった姿だ。

声を聞いただけでも、稔の胸は痛いぐらいときめいた。

ずっと会いたいとばかり考えていたのに、いざその姿が見えると、息苦しさが襲いかかる。好きだと自覚してしまってからは、なおさらひどい。何を言っていいのかわからなくなって、片時も目を離せないような状況に陥ったまま、稔は尋ねた。

「今日は、……どうしたんですか」

最後に会ったのが昨日だ。これまで連続して、ハラダが姿を現すことはなかった。まさか、毎日でも会いたいという稔と同じ気持ちを、ハラダも抱いてくれたのだろうか。

じんわりと、胸の奥が熱くなる。

「どうってことはないけど。稔に会いたくて」

冗談に決まっているのに、稔は指先まで震えた。

「そんな言葉、言えたんですね」

それだけ言い返すのがやっとだ。

変になっている自分を気づかれたくないのに、ハラダは何でもないように顔を寄せてきた。

「片付けが終わったら、ほんのちょっとだけ、付き合ってもらえないかな」

「どこにですか？」

また勝に禁じられた闇市のエリアを案内させられるのかと思うと、不安になる。

「二人っきりになれるところ」

だが、そんなふうに返されて、動揺がおかしくなる。ハラダを見ると、からかうように笑っていた。

軽く背にした背嚢を指し示したから、他の人がいないところで、何かを見せたいだけのようだとわかる。

――何だ……。

少しホッとした。

ごたごたした闇市の中で、落ち着いて話を出来る場所は多くない。稔は背後の二階建てのバラックに、ハラダを案内することにした。

「汚くて、狭いところですけど」

一階の電球をつけると、二階から伸びているはしごをハラダは見上げた。

「二階もあるの？」

「はい。最近は、そこで寝起きしてます」

「だったら、そこに行こう」

狭い店内を横切り、ハラダは率先してはしごを伝って二階に上がりこんでいく。それに続いて、稔も二階に這《は》い上がった。

二階は歩くだけで床がみしみしするような安普請だ。先に上がったハラダが、物珍しげに周囲を見回している。

「このあたりの店の二階は、こんなふうになってるんだ」

「だいたいどこも、似たり寄ったりだと思いますよ」

真ん中に裸電球が下げられ、その下にちゃぶ台がある。そして、壁際に寝具が畳んで置いてあった。

稔は言いながら室内を横切り、通りに向いた窓を押し開いて、つっかえ棒を渡した。

これで少しは明るくなるし、風通しが良くなるだろう。窓の外には、夕焼けが広がっていた。

それからふり返ると、ハラダが小さなちゃぶ台の上に、背嚢から取り出した銀色の容器をおいているところだった。

「それ……」

何だろうと思いながら戻る。容器にはみっしりと氷がつめられており、その奥からアイスクリームの丸いカップが出てきた。それはアイスクリームを冷やしたまま、運ぶための容器らしい。

「わ……！」

昨日、アイスクリームが食べたいと言ったが、こんなすぐに願いがかなえられるとは思っていなかった。

「どうぞ。今日のは、チョコレート味」

「食べてもいいんですか」

「ああ。そのために、わざわざ運んできたんだからな」

そんなふうに言われて、身体が熱くなる。こんな身にすぎる好意を受けてしまっては、何らかの形で自分にお返しができるのか不安になる。

表の闇市でも、ここまで豪勢なものは売っていないはずだ。

自分だけこんなふうに恵まれたものを食べるなんて、申し訳ない。しかも、昨日はビフテキまでご馳走になっているというのに。

誠に食べさせてやりたかったが、ハラダの正体を詮索《せんさく》されることになりかねず、複雑な気持ちで稔はちゃぶ台の前で正座し、アイスクリームを手に取った。

「どうした？」

「え？」

「せっかくおまえを喜ばせようとしたのに、浮かない顔をしてる」

そんなふうに指摘されて、ドキリとする。思っていた以上に、ハラダは自分の気持ちまで観察しているらしい。だとしたら、自分がハラダを好きになっていることも知られているだろうか。何もかも見抜かれたような気分になって、稔はカァァッと赤くなりながらうつむいた。

「……こんなに親切にしていただくと、……幸せすぎて、何だか不安になるんです」

おいしいものを口にするたびに、別れたきりの両親を思い出す。自分だけ幸せになることはできない。

だが、ハラダは稔に言い聞かせるように微笑んだ。

「何も悪いことなど起こらない。だから、安心して食べろ」

「はい」

渡されたのは、丸い紙の容器に入ったカップアイスだった。

蓋《ふた》を開け、そこについたアイスを舐めると、ハラダがクスリと笑う。だけど、舌に広がるチョコレートの濃厚な味に、稔は夢中になっていた。

アイスクリームは匙《さじ》ですくうのにちょうどいい硬さだった。口に運ぶたびに、絶句してしまうほどのたまらないおいしさをもたらす。

舌を動かすたびに、チョコレートの甘さとまろやかさが全身に染みていった。

ぱさついた芋が主食の稔にとっては、ほっぺたが落ちそうなほどの甘さだ。口の中がキューッとして、後から唾液が湧き出す。それにチョコレートの香りが交じって、たまらなくおいしい。

ハラダは稔がアイスクリームを食べる姿を、楽しげに見守っていた。

そのことに気づいて、稔は手の動きを止める。

「あ。……ハラダさんの分は」

「俺はいい」

「だけど」

自分だけこのおいしいものを独占してはいけない気がして、稔はハラダの前まで膝で移動した。匙ですくったアイスクリームを差し出そうとしていると、ハラダは手を伸ばして稔の顎をつかんだ。

「俺はこちらからいただこう」

その言葉とともに、唇を塞がれる。ドキドキと鼓動が鳴り響く中で、アイスクリームで少し冷えた唇が割られ、口腔《こうこう》内まで熱い舌が忍びこんだ。

「……っ！」

舌と舌が触れる生々しい感触にびくっと大きく身体が震えると、ハラダの舌が抜け出していく。キスを終えたばかりのハラダと、間近で視線がからみあった。

「ごちそうさま」

にこりと微笑まれて、爆発しそうに心臓が鳴り響く。ハラダの舌の熱さは稔の思考力を奪うのに十分なほどで、続きを食べるのも忘れて、ぼうっとしてしまう。

カップの中でアイスクリームが溶けかけているのに気づいて、稔はハッとした。

「もう一口……。今度は、これを食べませんか」

今度もキスされると心臓が持たない気がして、カップと匙だけを差し出す。だが、ハラダは受け取ろうとはしなかった。

「いい。残りは、おまえが食べろ」

「でも」

「おまえが幸せそうに食べているのを、……見るのが好きなんだ」

その柔らかな愛《いと》おしむような眼差しに、泣きそうになる。ずっと誰かの迷惑になるばかりで、役に立つことはできずにいた。なのに、こんなふうに言われると、心が緩む。役立たずの自分でも、存在していいのだと思える。

じわりと滲んだ涙をそっとぬぐってから、稔はアイスクリームの残りを口に運んだ。

チョコレートの味がとてもおいしくて、溶けたクリーム一滴すらも残さないほど綺麗に食べ終える。

それから、稔はカップと匙をちゃぶ台に置いて、ハラダがもたれている壁際に近づいた。並んで、壁にもたれかかる。

「……ハラダさん、……弟が戦死したって……言ってましたけど」

「ん？　何だ、突然」

「その弟に、俺は似てます？」

「似てるから、おまえを可愛がっているわけじゃないぞ」

ハラダは憎たらしいぐらい、こんなときの稔の心を読んで、先走りして答えてくれる。

「だいたい、弟とはキスしない」

「…だったら、…なんで、……こんなにしてくださるんですか」

追い詰められたように、胸が苦しかった。その明確な答えが知りたくてたまらない。

夕暮れどきの薄闇に、狭い二階は満たされていた。灯《あか》りをつけなければ、もうじきハラダの顔も見えなくなるだろう。

そんな中で、密やかなハラダの声が聞こえてきた。

「どうしてだか、……わからない？」

「わか……りません……」

抱えこんだ膝に顔を埋めるようにして、稔は答える。

もっとハラダのそばに寄りたい。ほんのわずかに触れているふくらはぎから伝わる温もりを、痛いぐらい意識していた。もっとすり寄りたいのに、自分からは動くことができない。

そんな稔の肩に、ハラダが腕を回した。

「何か食べさせてやるたびに、おまえはすごく幸せそうな顔をするんだ。一度見たら、またそんな顔をさせたくなる。こんな俺でも、誰かを幸せにできることに、……救われる」

その言葉に、稔は何だか違和感を覚えた。

食糧を援助する仕事なら、人々に感謝されないはずがない。なのに、他人に憎まれるような仕事をしているような口ぶりだ。

だけどそのことよりも、背に回されたハラダの腕の感触のほうに、意識を奪われていた。

ハラダがさらに腕に力をこめ、稔の身体を抱き寄せる。抱きすくめられた後で顔を寄せてくるのがわかっても、身動きできずにいた。拒むことなど考えられなかったが、緊張に耐えきれずに目を閉じる。

「……っ」

また、唇に重なってくるものがある。

その柔らかな感触に、稔は引きこまれていった。

上唇に続けて下唇に唇が落ちてくると、それだけでぞくっと身体が震えた。畳んであった布団の上に押し倒されたときから、稔の身体は小刻みに震えている。

どうしていいのかわからないままだった。

何度か唇を重ねられ、最初は緊張のあまり歯を食いしばっていたが、呼吸ができない苦しさに稔は口を開く。それを待ち構えていたように、ぬるりと舌が忍びこんできた。

「……っぁ」

口腔内を直接擦りあげられ、覚悟してはいても驚きのあまりハラダの舌を噛んでしまいそうになる。慌てて顎から力を抜くと、その隙にもっと深くまで入りこんだ舌が稔の舌を絡めとった。

「っふ、……っん、ん……っ」

舌が刺激されるたびに、身体と頭がジンと痺《しび》れていく。舌と舌が絡みあう柔らかな刺激が下肢にまで響き、どこにどう力を入れていいのかさえわからない。

何より稔の身体を上から縫い止めるハラダの身体の重みを感じるだけで、とんでもなく鼓動が乱れ打って息ができない。

抱きしめられる感触に、胸が一杯になっていく。

――ハラダさんは、……俺を抱くつもり……？

経験はなかったが、こんな界隈《かいわい》に住んでいれば、自然と表面的な知識は増える。だけど、男の自分が抱かれるなんてあり得るのだろうか。男だとわかっていても、酔った男に妙な声をかけられることはあったが。

男でも抱いたり抱かれたり、ということが稔にはよくわからない。

――何をどうするの……？

それでも、ハラダが自分に求めるものがあるのなら、どうにでもしてくれていい。

ときめきが稔をのぼせ上がらせ、まともな判断力を奪っていた。

不慣れな稔は、与えられるキスを受け止めるだけでもやっとだ。舌と舌がからみあうたびに生まれるくすぐったいような感覚に落ち着かなくなり、もぞもぞと爪先《つまさき》が震える。

身じろいでこの感覚を散らしたかったが、ハラダに縫い止められた身体は動くこともままならない。そんな稔の姿をどう受け止めたのか、ようやく唇を離したハラダがくすりと笑みを漏らした。その声に、稔はドキリとして薄く目を開く。

そのとき、腹のほうから忍びこんだハラダの手が、痩せたあばらをなぞった。

「せ、…っ、洗濯板、……みたいですよね」

GHQの男の腕にしがみついて歩く、色っぽい女性の姿が頭に浮かんだ。やっぱり、抱かれるかもしれないというのは幻想だ。色気もなく、男でもある自分がハラダに抱かれるなんてあるはずがない。

だが、胸元までシャツをめくられ、その下の乳首に唇で吸いつかれた途端、鋭い感覚が体内を駆け抜け、大きく身体が震えてしまう。

「っぁ、……っあ、あ……っ」

乳首など、普段はまるで意識などしたことがない。だが、その小さな粒を舌先で円を描くように転がされ、尖《とが》ってきたものをくりくりと上下に刺激されると、口から漏れる息が不思議と熱くなる。舐められている部分から、ぞくぞくと知らない感覚がせり上がってきた。

「感じる？」

息を呑んで硬直する稔の反応から、ハラダは何かを感じ取っていたらしい。

答えることもままならないでいると、ハラダは乳首から唇を離さないまま、硬く凝《しこ》った粒を歯の間で挟んで押し潰し、先端ばかりをちろちろと舐め上げてくる。重点的に乳首ばかり刺激されて、稔は腰に蓄積されていく快感を受け止めるだけでやっとだ。

――これ、……何……？

つたなく性器を刺激して、自慰することもたまにある。だが、ハラダに与えられる刺激はそれよりもずっと濃密でいやらしく、大人の快感という感じがした。

乳首を舌先で転がされるたびに、服に包まれたままのペニスまでジンジンと疼いた。それが張り詰めていくにつれて、自分でそこを嬲りたいという欲望が強くなる。思考力がほとんどない状態で、稔は自分の下肢に手を伸ばした。

なのに、伸びかけた手を頭上で両方とも固定された。無防備になった乳首を、ちゅく、ちゅくっと、さらに舐めしゃぶられる。時々きゅっと痛いぐらい強めに吸われて、びくんと腰が跳ね上がる。

「っ……は……ッ」

硬く尖った乳首は時折歯で挟まれ、吸い上げる合間にきゅっと引っ張られるのがたまらなかった。吸われるよりもそうされるほうがひどく感じて、稔は目眩を引き起こすほどの甘すぎる刺激に、気づけば声を漏らしていた。

「っぁ……っは、……っ、……ん……っ」

どうしていいのかわからないままだ。

世の中に、こんな快感があるなんて知らなかった。乳首に唇をつけられたまま、舐めしゃぶられたり、引っ張られたりするたびに、そこから走る快感が稔の全てとなっていく。

片方だけでもすごく感じるというのに、ハラダの手が右の乳首に伸びてきた。左への刺激で少し勃《た》ちあがった乳首を、指の先であやすように転がし始める。

「っん、……っは、……っん……」

唇での刺激とそれはまるで違っていた。軍人の、硬くて少しざらつく指先だ。指の刺激のほうがずっと強く、繊細に稔を追い詰める。

くにくにともみ上げられ、稔の右の乳首が左と同じだけピンと硬く凝ったところに、きゅっときつく摘みあげられた。

「っぁ……」

同時に反対側を甘嚙みされ、身体を駆け巡る刺激の甘さに、稔はたまらずに腰を揺らした。必死になって声を抑えているつもりだったが、いつの間にかあちらこちらのバラックの二階から聞こえてくるのと同じような濡れた声を自分が出していることに気づく。

せめて表に面した窓を閉じたいのだが、組み敷かれた身体をハラダの下から逃れることなど不可能だ。

乳首を摘みあげられたまま、指の間でくりくりと強めに擦り合わされた。

「っはぁ、……っ、ン……っ」

指が動くたびに、そこから広がる鋭い刺激に下肢がビクンビクンと跳ね上がる。初めての身体には濃厚すぎる刺激に、ペニスは服の下で痛いぐらい張りつめている。

なのにそこを無視して、ハラダは執拗《しつよう》に乳首ばかり嬲り続ける。指先に少し力を加えて乳首をさらに引っ張ったり、くりくりと転がしたり、刺激を止めてはくれない。

敏感すぎる乳首には少し強すぎる刺激だったが、痛いと口に出して伝えることが稔にはできない。痛みに混じる甘さが、稔をますます取りこんでいく。

「っ……ぁ……」

乳首は赤く張り詰めるにつれ、余計に快感を鋭く拾い上げるようになった。

どんなことをされても、稔は逆らえない。

ハラダがこんな不完全な身体に、興味を示してくれるだけでも嬉しかった。温もりが胸に染みていく。もっとこの身体が色っぽくなって、ハラダを楽しませることができればいいのに、と頭の片隅でぼんやりと思った。

そのとき、たっぷり指で弄《いじ》って尖らせた右の乳首へ、ハラダの唇が移動した。

指だけの刺激で張りつめた乳首を、肉厚の舌先で押しつぶされて腰が跳ねる。指とはまるで違う生々しさに、きゅっと全身がからみ取られていくようだった。

「っう、……く……っ」

「嫌か？」

「いえ……っ」

「気持ちいい？」

こんなところで感じているのを知られるのは恥ずかしいのに、感じすぎるからごまかすこともできない。

「気持ち……いい……です」

言うと、乳首を柔らかく吸っては、また離された。

「っく、……っあ……！」

大きく身体がしなる。

そんな稔の反応に、ハラダは乳首を何度も吸ってきた。

「っひ！　……っぁ、あ、……っあ……っ！」

そのたびに、稔は声を抑えることができなくなる。だけど、止めてくれと言うことはできない。

恥ずかしいことをされて、稔の身体は溶け落ちそうなほど熱くなっていた。

「痛いか？」

質問に、稔は首を振る。

「きもち……い……です」

付近のバラックの女性たちがそう言っているのを聞くから、多分男を喜ばせるセリフだろうと思って言ってみる。男なのにそんな浅ましいセリフを吐くことと、それでもハラダを喜ばせたいと願う気持ちとがぶつかり合って、ぽろりと涙がこぼれ落ちる。

その涙にそそられたように、ハラダがさらに乳首を淫《みだ》らに吸い立てた。合間に歯を立てられる。

「っ……ん、……っぁ、……っぁ、……気持ち……い……ん、んっ、ん……っ」

痛いのか、気持ちいいのか、口に出しているうちにその境目が稔にもわからなくなっていた。

ボロボロと泣きながら、乳首に与えられる苦痛と快感に耐えていると、ハラダの手が下肢へと伸びていった。

ズボンの前を開かれ、下着の中にハラダの手が忍びこんだ。大事なところに直接触れるハラダの手の感触に、ぞくりと身震いが走る。

しかしそれ以上に、いつになく熱く勃ちあがっている自分の状態に驚いた。

ペニスを外に引き出される動きだけでも、たまらない快感を覚えてうめきが漏れる。

「なに……を…」

性的なことをされるときの手順など、稔の頭には入ってはいない。ハラダは稔のペニスを握りこんで、かすかに喉で笑った。

ハラダの表情が、やたらと男っぽく思えた。その目に見据えられているだけで、稔の背に食われそうな震えが走った。

「何もかも初めてか」

心の奥底まで見抜くようなハラダの声に、稔は何も考えられなくなってぎゅっと目を閉じた。

「……はい」

「嫌じゃないんだろう？」

「嫌じゃ……ありません」

心臓が壊れそうなほど鳴り響いているが、身体がひどく熱かった。この熱さはハラダに触れられることでしか、解消されない気がする。想像もつかないほどいやらしいことをされそうな興奮で、まともに頭が働かない。

稔の性器をハラダの手が嬲ってくる。手で摩擦されるたびに、息が詰まるような快感が押し寄せてきた。

自分の手でするのとは、まるで違う。

ペニスだけではなく、重なってきたハラダに乳首を舌先で転がされ、軽く噛まれて吸われる刺激が混じる。

「っん、……っぁ――」

全ての快感がハラダの手に握られたペニスに流れこみ、そこをギンギンに凝らせていくのが恥ずかしくてならない。

「っぁ、あ、う……っ」

先端から蜜《みつ》があふれ出したのさえ、わかった。

「っは……っ」

稔は乾ききった唇を舌先で湿す。

幹を擦るだけではなく、じゅくじゅくと蜜に濡れた先端にも触れて欲しい。そこが痒《かゆ》くてたまらなかった。そう思いながらも自分からは言い出せないでいると、ハラダが真っ赤に染まった稔の耳朶《じだ》にぞろりと舌を這わせてきた。

「ッン」

「一度、イっておくか？」

強引な口調に引き込まれるままうなずくと、刺激が欲しくて疼きまくっていた先端にハラダの指が伸び、ぐりっと蜜をすくいあげるように動いた。

「っひ、……っぁ、あ……っ！」

それだけで、大きく腰が跳ねあがる。

「っ、ぁ！」

下肢でたまらない快感が、一気にふくれあがっていく。イきそうな身体をさらに煽《あお》り立てるように乳首に歯を立てられ、射精をうながすように先端をゆるゆるとしごかれていると、目が眩《くら》むような快感に稔の長い睫《まつげ》が小刻みに震えた。

「っ、ふ、……ぁ……っ」

他人に導かれた射精は、そのタイミングも勢いも制御ができない。

身体の内側から爆発するように、昇りつめていた。

「っぁ！　……っぁ、っあ、あ、……っ、ぅ、う……っ！」

がくがくと腰が揺れ、悲鳴のような声がいつまでも続く。

自慰とは何もかも違っていた。

同じ射精とは思えないほどの強烈な快感に打ちのめされ、しばらくは息を整えることしかできない。

イった後も目を開くことすらできずにいると、ハラダが素早く下腹の汚れを濡れた布で拭ってくれた。

何か大きなことが一つ終わったような気分でぼうっとしていたが、稔の半端にずり下ろされていたズボンとパンツが完全に足から抜かれる。その直後に、膝を抱え上げられた。

大きく開くことになった足の間に、ずるりとハラダの指が忍びこんでくる。

「っうあ……っ」

その姿勢と、あらぬところに伸びた手にギョッとした。

後孔《こうこう》を弄られるとは思ってなくて、驚きのあまり身体が逃げそうになる。だが、ハラダに両足を抱え上げられていると、まともに力が入らず、ろくに動けずにいる間に、身体の奥までずぶずぶと指が入ってきた。

「っく……」

そんなところに指を突っこまれるなんて、初めてだ。

汚いという感覚と、快感とはかけ離れた違和感が身体を包みこむ。

ハラダは指を根元まで差しこむと、抜けるギリギリまで抜いた。だが、完全に指は抜け落ちることなく、また深くまで戻ってくる。やたらとぬるぬるして感じられるのは、何かを指に塗っているのだろうか。

「や……っ」

あまりの違和感に落ち着かずに、稔は身じろぎした。

ハラダがすることなら、何でも受け止めたい。

だが、生理的な嫌悪感があって、どうしても受け入れられない。そこは駄目だ。恥ずかしい。汚い。

相反する思いに、抵抗が中途半端になる。そもそも、どうしてこんなところを弄るのだろうか。

「っ……んぅ……っ」

強《こわ》ばってしまう身体をもてあましていると、ハラダが指の動きを止めた。

「嫌？」

目が合い、涙に濡れた顔をのぞきこまれる。

「そこで……何を……」

「ここで、俺とつながるんだ」

その答えに、心臓が止まりそうになる。女性のような器官を持たない男が、どうやって性交するのか、ずっと謎《なぞ》だった。だがようやくその答えが与えられた。

——こんなところで？

そんな狭いところに入れるのは、到底無理だとしか思えない。

だが、ハラダとつながってみたかった。そうすれば、ハラダと特別な関係になれる気がする。

自分がハラダに与えられるのは、この身体だけだ。それでも、無理としか思えなかった。

不安いっぱいで尋ねると、ハラダが愛しげに膝に口づけた。

「入り……ますか？」

「入るよ、きっと。俺を受け入れてくれる」

その言葉に、もしかしたら可能なのかもしれないと思い直す。止まっていた指がまた動き始めた。

指が押しこまれるたびに襞《ひだ》が摩擦され、違和感が掻き立てられる。だが、ハラダとここでつながると教えられたからなのか、先ほどとは違った感覚も生まれていた。

ハラダにこんなことをされていると思うだけで、身体の芯《しん》が熱くなっていく。

得体の知れない痺れが湧き上がるとともに混乱ばかりが募り、じわじわと涙が滲む。

その瞼に、ハラダが軽く口づけた。

「……いい子だね。力を抜いて、俺に任せていればいいから」

ハラダは言いながら、さらに指を深くまで差しこみ、今まで届かなかった部分まで掻き回していく。

「っは、……っは、は……っ」

声を出すのは恥ずかしいのに、そうしないと力が抜けなかった。稔の体内で、未知の感覚がどんどん生み出されていく。

――何これ。……気持ちいい……？

知らない感覚の正体を探ろうとしていた稔の足の間でハラダは屈《かが》みこみ、半勃ちになっていたペニスをそっと舌でなぞった。

「っう！」

ペニスに直接与えられた悦楽に、稔の腰は大きく跳ねあがった。

ハラダは舐めた後で、口でぱっくりとくわえこむ。その口を上下に動かされるたびに、稔は頭が飛ぶような快感と、体内で指が動く感覚を同時に味わわされることになった。

「っひ、……っあ……っ」

ペニスで感じるのは、明らかな快感だ。それに合わせて、体内で指を抜き差しされていると、中でも快感を受け止めているような感覚に陥り、身体からどんどん力が抜けていった。

柔らかくなった襞を自在に掻き回されているとき、何だか電流でも流されたような快感が走って、びくんと爪先まで震えた。

「っは、……っぁ、あ……っ！」

「ここか」

ハラダが、ペニスから顔を離して言った。

「おまえの感じるところ」

さらにそこばかり集中的になぞられる。ペニスにはもう刺激は与えられていないというのに、感じ取るのは純粋な快感ばかりだ。指が動くたびに稔はあえぎながら、のけぞるしかない。

そんな中に、指がもう一本増やされた。

ひたすら力を抜くようにしていないと耐えられないほど、ハラダの指には存在感があった。

稔の身体がそのきつさに強張るたびにペニスを舌先でなぞられ、余計なことを考えている余裕すらなくなる。

「っん、……ん、ん……」

ハラダの髪が太腿《ふともも》の内側に触れたことで、どこに顔を埋められているのかが自覚できて、たまらなく恥ずかしい。

指が蠢《うごめ》くたびに背筋にぞくぞくと甘ったるい戦慄《せんりつ》が駆け抜けるのを感じながら、稔はただ身体を投げ出して震えることしかできなかった。

ペニスをしゃぶられるたびに、早く射精したいような疼きがこみあげてくるのに、ハラダはそれを散らしてひたすら稔を嬲り続ける。

イきたいのにイけないような狂おしいような感覚が、稔の体内にどんどん満ちていく。そんな状態で執拗に掻き回されていると、やたらと中が疼いてくる。

「っん、……っん、は……っ」

体内にはひどく感じる場所があって、そこをなぞられるたびに稔の腿は痙攣《けいれん》してしまう。体内をぞわりと甘ったるい感覚が這い上がり、指を何度も締めつけた。

「う、はっ」

その快感をどう逃がしていいのかわからずに、稔は歯を食いしばるしかない。日が暮れて開けっ放しの窓から夜風が忍びこんでいたが、身体は汗ばむほど火照っていた。

ついに指の数を三本に増やされ、それをみっしりと押しこまれながら抜き差しを繰り返されると、かつて味わったことのない感覚が下腹部でふくれあがる。爆発しそうな悦楽が限界に達した瞬間、ビクッと身体が震えて、射精へと導かれた。

「っぅあっ！」

快感をそのまま凝縮したような液体が、稔のペニスの先からほとばしる。先ほどよりも濃密な悦楽を貪《むさぼ》った後で、ハラダの前でまた粗相をしてしまったような恥ずかしさにじわりと涙があふれた。

「っん、ん、ん、……っは、……っぁ、う……っ」

乱れきった息を整えながら、稔は濡れた目でハラダを見つめる。

ひたすら身体が熱くて、腰から下の感覚がめちゃくちゃだった。射精したばかりだというのに、どこか収まらない熱がくすぶっている。

ハラダに抱かれるというのが、こんなにも気持ちがいいことだとは知らなかった。だけど、ハラダに気持ち良くしてもらっただけで、自分は何一つお返しできていない気がする。

だが、そのお返しのためにはどうすればいいのかわからずにいると、ようやくハラダの指が抜かれた。それにホッとする間もなく、さらに大きなものが稔の大きく開かれた足の間に押し当てられた。

「入れるよ、……いい？」

熱い先端の感触に震えたとき、かすれた声でささやかれる。

こんなふうに頼まれたら、断れるはずがない。ようやく、お返しできるチャンスが訪れたのだ。ただうなずくことで返事に代えると、乱れた前髪を掻き上げて額にキスされた。

「っん……」

視界いっぱいに広がる、ハラダの性的な表情に見とれた瞬間、その身体の重みが体内の一点にかかってきた。

「ぁ、……っぁああ……っ！」

襞を押し広げて、大きなものが稔の体内に突き立てられる。ぎゅうぎゅうに詰めこまれたものの圧倒的な存在感がもたらす痛みに、稔は顎をのけぞらせ、息をつめた。

内臓を突き破られそうなほどに押しこまれて、声すらまともに出すことができない。

「つぁ、……つん、……つん……っ」

経験のない身体には辛すぎるほどの大きさに、稔は恐怖を覚えた。膝が胸につくほど折り曲げられ、角度を変えながらさらに押しこまれていく。ぎちっと襞が軋《きし》んだせいで、途中で稔の身体はそれを受け入れられなくなった。

「く……」

痛みに全身が強張って、どうしてもハラダを押し返すようにしてしまう。

そのとき、ハラダが稔の頬に手を伸ばした。

「少しだけ、……我慢してくれ」

その声とともに、そっと頬を撫《な》でられる。愛しさの混じった仕草に、少しだけ力が抜けた。

「だい……じょう…ぶ、……です」

痛くてたまらなかったが、それでもここでしかつながれないのなら、無理やりでも突っこんで欲しい。そうすることで、ハラダとのかけがえのない絆《きずな》が欲しい。

涙が溜まった目で、稔は懸命に天井を振り仰ぐ。

「痛く…して、……いい……ですから……っ」

涙をぬぐうように、ハラダの唇が目尻《めじり》に落ちる。いたわるような優しさを感じた。

こんな身体でもハラダを満足させたいという思いばかりが突っ走る。必死になって、力を抜く。

「ハラダ……さん……っ」

押し広げられた襞が、鈍く痛む。だけど、ピークに達した痛みは少しずつ和らぎつつあった。

「深呼吸して」

言われて、大きく息を吸いこんでみる。

途端に、一番太いところがずるっと体内で滑った。

「っく、ぁあ！」

また新たな痛みが掻き立てられる。

「入った」

だが、小さなつぶやきとともに、ハラダに頭を両手で抱きしめられた感動のほうが大きい。

涙目で稔はハラダの反応を探る。ハラダが少し息を乱しているのが、その全身から伝わってきた。

髪をくしゃくしゃと撫でられていると、切ないような感覚で胸がいっぱいになるのを感じる。こんなふうにつながったことで、よりハラダを近く感じられるようだった。

――このまま、動きたくない。

だが、ハラダのほうは動かないわけにはいかないのか、稔の身体がその大きさに慣れるように配慮しつつも、ゆっくりと腰を使ってくる。動かれるたびに、身体の内側をヤスリで削られるような痛みが次々と襲いかかる。

苦しくて、痛かった。それでも稔は痛みを出来るだけハラダに知らせないように我慢する。

――痛い……。

だけど、その痛みを与えてくれるのがハラダだから嬉しい。こんなふうにつながりたかった。苦しいのは、自分がこんな不完全な男の身体をしているせいだ。

――好き……です……。

心の中でだけ告げる。

ふと、好きだとハラダから一言も言われてはいないことに気づいた。それでも、こんなふうに抱いてくれるなら、それだけでいい。

「っん、……っん、……っは、は……っ」

突き上げられるたびに受け止めていた痛みは少しずつ和らぎ、代わりに痺れるような熱がそこから生み出されている。

「……っく……」

次第に、痛みだけではないものが、明らかに広がり始めていた。

――何、これ……。

痛みから逃れるためにも、稔はそのあやふやな感覚をとらえようと集中する。ハラダの首の後ろに腕を回し、その身体にしがみつきながら浅く呼吸を繰り返した。

大きなものが、稔の柔らかな粘膜を押し開き、引き抜かれていく。

「っは、……は、は……っん……っ」

声を出していなければ耐えられなかった。一突き一突きを全身で受け止める。

開きっぱなしになった口から、自分でも聞いたことがないような甘ったるい声が漏れていた。

今まで近隣のバラックから漏れ聞こえる声がどうしてあのようになるのかわからなかったが、ようやく実感として理解できる。

ここも安普請のバラックだ。自分の声を知り合いに聞かれることだけは耐えられないのに、漏れる声は止められない。その広い肩にしがみつきながら、稔は懸命にその動きについていくしかない。

「……っは、……っは、は……」

稔の身体が開いていくのに合わせて、ハラダの動きは大きくなった。

身体の柔らかな内側を大きなもので押し広げられる苦痛混じりの悦楽が、次々と稔に襲いかかる。

必死で力を抜こうとあえぎながらふと見上げたとき、快感に眉《まゆ》を寄せたハラダの表情が見えた。

目が合い、軽く微笑まれる。角度の変わったペニスに感じるところを抉《えぐ》られた途端、跳ねあがった身体をなおも貫かれた。荒い呼吸が伝わってきて、ハラダが自分の身体で感じていると知ったとき、稔の身体は芯のほうから痺れた。

「っふ、ぁ……っ！」

そのまま、乱暴にも思えるほどにペニスを送りこまれた。

「っあ、……っあ、あ、あ、あ」

きつすぎるほどの動きだったが、それでも稔は幸せだった。

先ほどよりも奥のほうまで届いているような感覚があって、そのあたりの感じるところを切っ先で抉られるたびに、襞が勝手に収縮する。ぐりっと抉るように腰を使われて、痛みとともに快感が弾けた。

どんなに力を抜いていても大きく感じるペニスが、稔の体内を自在に抉り上げていく。

「ん、ん……」

突きこまれ、ギリギリまで抜き取られた。襞がそれにまとわりつき、また押し戻されて粘膜と擦れる。

動かれるたびに疼きを掻き立てられ、中に力がこもってしまう。力を抜いたほうが楽だとわかっているのに、どこをどうしていいのかわからなかった。

「……んっ、あ、は、……ぁ、あ！」

ハラダのほうも切羽詰まってきたのか、次第に動きが早くなっていく。

快感を増す一方の動きに、稔は翻弄《ほんろう》されるばかりだった。

だんだん意識では追えなくなるほどの突き上げを受けて、稔はハラダの肩にしがみつく指に力をこめる。ず、ず、っと直接的に突き上げられる動きだけではなく、腰を回して抉る動きが加わる。開いたままの口の端から、唾液があふれた。

「っぁ、あ……っ」

深く押しこまれるたびに、上体がのけぞりそうになる。そんな稔の胸元に顔がいくようにハラダは身体の位置を少しずらし、硬く凝った乳首に顔を埋めた。

「んぁ！」

乳首に歯を立てられて、鋭い痛みと快感が身体を駆け抜ける。ギュッと中が締まったとき、深い部分までハラダで満たされているのがわかった。

痛みはまだどこかに残っていたが、それを遥《はる》かに上回る快感とともに、新たな絶頂が近づいてきていた。

荒々しいハラダの吐息と、稔を組み敷く全身から伝わってくる緊張感が、すでに彼のほうにも余裕がないことを知らせてくる。

稔も全ての思考力を剝ぎ取られ、与えられる刺激に本能で応じることしかできなくなっていた。

「っぁ、……っぁ、あ……っ」

深くまで太くて硬すぎるもので抉りあげられるたびに、背筋を駆け上がる悦楽に声が漏れる。ハラダの顔が乳首に寄せられ、痛いほど乳首を嚙まれたとき、中がきゅううっと締まった。その状態で感じるところを嫌というほど抉られ、稔は大きく身体をのけぞらせた。

「……っぁあ……！」

どうにかなりそうなほどの高みに押し上げられ、虚空に投げ出されるような感覚とともに、稔は三度目の絶頂に達した。

「っく！」

息ができないほどの快感とともに、稔は深くまで突き立てられたハラダのものを、渾身《こんしん》の力で締めあげていた。

「っぁ、……っぁああ……っ！」

ガクガクと痙攣しながら射精する稔の腰を抱き寄せ、ハラダはその深くに注ぎこんだ。


短い時間、稔は眠っていたらしい。

窓の外に残っていた薄闇はその間に消え、目覚めたときには周囲はだいぶ暗くなっていた。

狭い二階のバラックの中で、自分を抱いているハラダの裸の肌の感触だけがある。

「ん」

うめいて寝返りを打った途端、ズキリと走った腰の痛みによって自分が何をしていたのかを思い出した。気恥ずかしさがこみあげ、どんな態度を取っていいのかわからない。全身に違和感があって、特に腰から下の感触がおかしい。

だけど、ひどく満たされていた。

自分はちゃんと、ハラダを満足させることができたのだろうか。

ハラダは腕枕《まくら》をする形で、稔を抱きこんでいた。そのハラダに、稔は顔を向けてみる。室内は薄暗かったが、目は闇に慣れていたから、表情ぐらいは読み取ることができた。それに今日は、月が明るい。

「痛く……ないか？」

ささやかれて、胸がいっぱいになる。

「…大丈夫…です……」

稔が目覚めたのを知ると、ハラダは軽く笑って腕を解き、布団の上でむっくりと上体を起こした。

「かゆい」

そう言って、背中を掻く。

「虫に食われた。――喉が渇いたな。何かないか」

尋ねられて、稔は下半身の違和感に耐えながらも上体を起こした。

「コーラが、どこかに売ってると聞いたことがあります。探してみますね」

稔はコーラを飲んだことがなかった。驚くほどおいしいものだそうだ。だからこそ、ハラダに飲んでもらいたい。ご馳走するのはそれくらいしか、思いつかない。

だが、服を着るために立ち上がろうとした途端、膝がガクリと崩れた。とっさに、背後からハラダに腰を抱きとめられる。

「――おっと。大丈夫か。いや、いい。まだ別に」

ハラダに支えられたまま、ずるずると布団に腰を下ろす。裸で抱きしめられていると、それだけで鼓動が乱れ打つ。服を着ているときよりも、裸のハラダは野性的に見えた。

ハラダは稔を座らせてからも腕を緩めることなく、じゃれつくように頬にキスしてきた。

「っ、わ」

その甘い感触を受け止めた稔は、くすぐったさに身体をひねる。身体を重ねたことで、ずっとハラダとの距離が縮まった気がした。

すぐそばで視線がからみあう。ハラダは何も言わずに、微笑んだ。その表情は、見たことがないほど安らいでいるように見えた。

胸にあふれる幸福感をハラダにも伝えてみたくて、稔のほうから乗り出して、ぎこちなく自分からハラダにキスしてみようとする。緊張しすぎて、唇が小刻みに震えた。

ハラダのように巧みなキスはできそうもなく、ただ唇を押し当てただけだ。

それだけでもいっぱいいっぱいだった。唇を離した瞬間、出過ぎたことをした恥ずかしさに耳まで真っ赤に染まっていく。

「お」

だが、そのキスを受けたハラダは、嬉しそうに微笑んだ。稔を可愛く思ったのか、ハラダのほうからお返しに頭を抱えこんで深いキスをしかけてくる。

唇を割られ、舌をなぞられた。

「ふ……っ」

こんなふうに舌と舌がからむようなキスをされると、無条件で下肢が疼いてしまう。くちゅ、と唇で水音が響くと、身体が落ち着かなくなる。そんな稔に、ハラダはキスのやり方を教えこむようにキスを続ける。

「――ん……」

外の騒ぎが伝わってきたのは、そのときだった。

笛の音が夜気を引き裂き、怒号とともに、大勢の人々が闇を移動していく気配が伝わってくる。それに不安を掻き立てられた稔はハラダの腕から逃れて服をまとい、通りに面した窓から外を見た。

闇市の夜を照らすのは、店や屋台からの裸電球やアセチレンライト、行灯《あんどん》だ。街灯などはなかったが、灯火管制とは無縁の明るさの中で、人々は忙しく歩き回っていた。

だが、その闇市での人々の動きが落ち着かなくなっている。

窓から落ちそうなほど乗り出すと、闇市の入口を、ＧＨＱのジープが塞いでいるのが見えた。そこから武装したアメリカ兵が、次々と下りていく。大勢の人々が通りから出ることができなくなって押しこめられ、右往左往していた。

――いったい、何が……。

だが、騒ぎの中心はそこではなく、闇市の奥のほうだ。不慣れな人間が踏みこむのを拒む、禁断のエリア。そこに黒々とした影を落としているのは崩れかけたビルで、その前に闇市の世話役たちが集うバラックがある。

そこで大きな騒ぎが起きているようだ。

二階から見下ろした稔には、それがわかる。

何だか嫌な予感がして、稔は室内をふり返った。

途端に、ハラダが叩きつけるような口調で命じた。

「外へは出るな」

その声の響きから、ハラダがこれが起きることをあらかじめ知っていたような思いが胸をかすめる。

稔は呆然とハラダを見た。

鍛え抜かれた裸の上半身が、窓からの明かりに浮かびあがる。冷ややかな表情をしたハラダは、自分が契った相手とは別人に思えた。

「何が、……起きてるんですか」

かすれた声で、稔は聞く。

不安が抑えきれない。

闇市へのGHQや警察の手入れは、たびたび行われていた。そのたびにバラックが取り壊されたり、顔役が逮捕されたりする。だが、取り締まりが緩むと、人々は性懲りもなくここに集う。

だけど不安が抑えきれないのは、この捕り物の中心があのビルのように思えることだ。

「とにかく、外には出るな」

疑問に答えることなく、ハラダは頭ごなしに命じた。

だが、不穏な予感は逆に募るばかりだ。

鼓動が高鳴り、このままにしてはおけないような恐怖が稔を捕らえた。

――まさか、……でもそんな……。

身体が震えてくる。

GHQが向かっているのは、稔が先日、ハラダを案内して歩いたところだ。

――そして、……崩れかけたあのビル……！

あそこに、闇市を仕切るヤクザたちが大切にしている人物がかくまわれている。そのことについて稔はハッキリと口にしたことはなかったが、ハラダが稔の態度から何かを読み取ったことはあり得る。今日のこの捕り物が、その人物を捕らえるためのものだとしたら。

自分が犯したかもしれない罪を背負いきれず、稔は震えた。

だが、ハラダは悠然とかまえたまま、口を開こうとはしなかった。その鋭い目が闇の中で光を放つ。

稔の恐怖や不安など、まるで無縁といった態度だ。

「何の……取り締まりですか」

自分が情報を漏らしたせいであの人物が捕まったとしたら、稔はここにいられなくなる。それくらい、彼は闇市で敬われ、大切にされていた。

だが、ハラダは何も答えてくれない。

稔の漏らした情報とは、無縁の取り締まりであって欲しかった。あの人を捕らえるための捕り物であって欲しくない。だとしたら、ハラダはあの人の情報を仕入れるために、自分に近づいたことになる。

だが、その確証は得られず、稔は不安を抑えきれずに、階下に向かおうとした。

そんな稔に、ハラダは重ねて言った。

「行くな」

言葉だけではなく立ち上がり、腕を伸ばして稔の腕をつかもうとする。

そんな態度に、稔は恐怖を感じた。

どうしてハラダにこんなものを感じるのか、わからない。ただ、自分が知っているハラダと、今のハラダは別人に思えた。

軍人であるハラダの腕をかいくぐって一階へのはしごまで辿り着くことができたのは、ここが慣れた二階の暗闇だったからだ。

下半身に違和感があったが、恐怖に取り憑《つ》かれた稔にとってそんなことは気にならなかった。

落ちそうになりながら一階まで下りると、そのまま外に出て通りを走りだす。

「……稔……！」

二階の窓から、ハラダが叱《しか》りつけるように呼び止める声が響いた。だが、稔は足を止めることができない。

自分が犯してしまったかもしれない罪を、見定めなければならなかった。ひたすら足を動かして、騒ぎの中心へと向かう。

通りは人であふれ、ところどころで封鎖されていたが、闇市に住む稔は裏道に詳しかった。狭い路地を駆け抜け、ときには迂回《うかい》して、少しずつあのビルへと近づいていく。息がすぐに切れたが、それでも足を緩めることができなかった。

裏道から表に出た途端、日本人の警官やＧＨＱの兵や闇市に集う人々の姿で視界が埋めつくされた。

「どけどけ……っ！」

「何の手入れだ！」

「知るかよ！」

現場はひどく混乱していた。ごった返す人々の向かうに、稔は大勢の兵に囲まれて連れ出される一人の男を見た。

——あの人だ……！

それを見た途端、稔は絶望に満たされる。

復員服を着た、痩せた四十過ぎの男。復員服から階級章は剝ぎ取られていたが、それなりの地位だったことが感じられる物腰をしていた。

彼がＧＨＱの兵たちに手錠をかけられ、乱暴に路上に引き出されていく。犯罪者そのものの扱いに、稔でさえ憤りを感じたそのとき、ごった返す人々の中から、日本人の一団が飛び出してきた。

「どけ……！」

「逃げろ！」

「そっちに回れ……！」

闇市の顔役や、用心棒ばかりのごつい男たちだ。彼らが兵たちにつかみかかっていったので、闇市の奥まった一角は蜂《はち》の巣をつついたような大騒ぎになった。

逃げる人々や加勢しようとする人々に揉《も》みくちゃにされて、稔も乱闘に巻きこまれそうになる。逃げようにも、それがかなわないほど周囲は騒然としていた。

「っ……！」

そんな中で、稔は勝を見つけた。

勝は人々の先頭に立って、ＧＨＱの兵に殴りかかっていった。手にしているのは、棍棒《こんぼう》だ。勝たちの気迫に押されて、兵たちはじわじわとビルの中に下がっていく。

だが、そこまでだった。

勝の手があと少しでその人に触れそうになったとき、不意に銃声が響き渡る。

その場にいた人々が、一斉に動きを止めた。

銃をかまえた見知らぬ兵は、次に銃口を勝の胸元に突きつけた。

一発目は空に向けたようだが、こんなふうにされたら二発目は外しようもないだろう。

おそらく英語で、銃を持った兵は興奮したように何かを叫んだ。

それでも勝は引くそぶりを見せない。

――このままでは、勝が撃たれてしまう……！

そう直感した稔は、いてもたってもいられずに飛び出した。

勝は自分の命の恩人だ。勝がいなかったら、今頃餓えて死んでいた。その相手を守りたくて、がむしゃらに勝にしがみついて引き離そうとした。

「危ないから……！」

「離せ、稔……！」

稔と勝との間でもみ合いになったとき、不意に稔の肩が背後から強い力でつかまれた。

何が起きたのかわからないまま、稔はふらつきながらふり返る。そこに立っていたのは、復員服姿のハラダだ。

ハラダは冷ややかな一瞥を稔に向けると、ＧＨＱの兵たちに英語で何かを話しかけた。何を言っているのかはわからなかったが、ハラダが彼らよりも上位なのは兵たちの態度から明らかだ。

勝に銃を向けていた兵は銃を引いたが、あらためて周囲の人々に向けてかまえる。その恐怖に人々が引いた。

その中で、その人がGHQの兵たちに連れ出されていく。

「待て……っ！」

それに気づいて、勝があがくように飛び出そうとした。だが、その身体は数人の兵たちによって取り押さえられる。ハラダが登場してから、この場にいる兵たちの動きに統率が取れているように思えた。

勝があがいている間にその人は引き立てられて、人ゴミの中に見えなくなる。

気づけばハラダも、GHQの兵たちにまぎれて姿を消していた。

彼らが消えてしばらくしてから、監視のために残っていた兵も、銃を引いて引き上げていく。

勝もようやく解放されたが、去り際に暴れて兵に殴られ、泥だらけの地面に突き飛ばされた。

稔は何をどう言っていいのかわからないまま、うずくまった勝に近づいて声をかける。

「大丈夫？」

勝は地面に血の混じった唾を吐き捨て、一人で立ち上がった。

稔には顔も向けずに、その場に残った顔役たちに怒鳴る。

「どういうことだ、今のは……！」

その言葉に、顔役の一人が答えた。

「いきなりやつらがやってきて、奥のビルに向かったんだ。阻止しようとしたんだけど、あの強引さ

だったからな。あらかじめ、あそこにあの人がいるのを知っているようだった」

「知ってるってことは、誰かが情報を漏らしたのか？」

勝が噛みつく。

それを聞いた稔は、小さく震えた。

勝は答えを知っているのに、わざと自分のことに触れていないように思えたからだ。

顔役たちは口々に首を振っていた。

「漏らしちゃいねえ」

「けど、あやしい男がうろついてるって話だった」

「そいつが、今日来てたな」

そこまで言われると、さすがに勝は無視できなくなったらしい。稔のほうをふり返って、怒鳴った。

「どういうことだ、稔……！」

稔はすくみ上がる。

近づいてきた勝に、襟元をつかみあげられた。

「あいつがスパイか？　おまえがスパイを引き入れたのか？」

「ちが……っ」

そんなつもりで、ハラダを案内したのではない。日本に食糧援助をするためだと言っていた。だけど、今日のハラダを見ているかぎり、全ては闇市の中にかくまわれているあの人を探し出すための方便だったのではないかという疑いがぬぐいきれない。

勝も同じように考えたらしく、断罪するように言ってきた。

「おまえが裏切り者か……！」

憤懣《ふんまん》やるかたないというように、襟元を強く持って揺さぶってくる。

苦しさに喉が鳴ったが、勝の力は緩まない。

それだけ、あの人が勝にとって大切な人だったと知る。勝が自分に、ここまで乱暴したのは初めてだった。

「出ていけ……！」

その言葉とともに、稔は強い力で突き飛ばされた。力が強すぎて、ぬかるんだ地面に足をとられて転ぶ。痛みと苦しさに咳《せき》こみながら、稔は涙の滲んだ目で勝を見上げた。何が起きたのか、知りたかった。自分が、いったい何をしたのか。

「あの人は……」

かすれた声で、稔はすがるように尋ねる。

騒ぎの後、通りからすっかり人の数は消えていた。とばっちりで逮捕されるのを恐れて店は閉じられ、集っていた人々は逃げるように家路につく。

だが、闇市の顔役だけは通りに残っていた。

「どうして、……捕まったんです？　あの人は、誰なんですか？」

しゃべるたびに、締めつけられた喉が痛んだ。

闇市の奥に、ひっそりとかくまわれ、勝や闇市の人々からこれほどまでに尊敬を集めているあの人は、誰なのだろう。

勝は吐き捨てるように答えた。

「――戦犯だよ」

【二】

ハラダがいる部屋の隣室で、取り調べが続いていた。

戦争が終わって二年が経《た》った今、日本はGHQに支配されていた。

民間諜報《ちょうほう》部であるCISは、GHQが設置されたときから存在する局だ。占領政策を忠実に守らせるために、アメリカ政府は徹底的に日本人から情報を収集していた。

そのCISの下部組織にあたるCICを、ハラダは将校としてまとめている。CICに在籍するのはほぼ日系二世で、その外見や日本語能力を生かして、日本人から情報を収集するのが主たる任務だ。

そんな任務の一部に、戦犯の逮捕も含まれていた。

占領直後から、GHQは日本の戦争指導者を検挙している。

CICが担当しているのはA級戦犯ではなく、BC級戦犯だった。彼らは戦時中の敵兵や捕虜や民間人に対する、非人道的な扱いを裁かれることとなる。

今夜、ハラダは新橋の闇市に潜んでいた戦犯である『タケダ』をついに捕らえた。

弟を殺したその男を捕らえるために、ハラダは日本に来たと言ってもいいぐらいだ。

ようやくその戦犯を捕まえたというのに、自分はどうして取り調べを同僚に任せて、席を外しているのだろうか。

ハラダは、自問した。

身内に関する取り調べだから、という理由以外にも、自分を動揺させる理由が他にあることを、自覚せずにはいられない。

『タケダ』を捕らえるために利用した、日本人のことだ。ほっそりとした身体つきに、細面の整った顔立ち。何よりあの物言いたげな瞳《ひとみ》が、ずっと頭から離れない。

——最初から利用しようとして近づいたはずだ。

稔を懐柔するのは、簡単だった。

弟を殺した戦犯の『タケダ』の行方を追い求め、新橋の闇市にかくまわれていることまで突き止めたのだが、そこは案内人なしでうろつける場所ではなかった。

だからこそ、無防備な民間人が必要だったのだ。しかも、闇市にそこそこ詳しい人物が。

稔は若く、人が良さそうで世間知らずに見えた。警戒心もさほどなく、特権を与えて飼い慣らせば簡単だと考えた。

そんなふうに容易《たやす》く人を利用出来るほど、ハラダの心は凍てついていた。

六年前、真珠湾《しんじゅわん》攻撃で幕を開けた日本とアメリカとの開戦によって、ハラダは日系アメリカ人というだけでいわれのない差別を受けるようになった。両親は全ての財産を奪われて収容所に入れられ、ハラダと弟は、その差別をはね除《の》けるために愛国心という鎧《よろい》をまとって兵士になった。

それでもことあるたびに軍の中で差別を受け、痛みを覚えずにいるために、何も感じないようになっていった。

戦場に出たときには、同胞の死体を見ても動じなかったほどだ。

ただわずかにハラダに残っていたのは、家族への愛着心だった。

だが、仲の良かった弟も戦死し、その死の知らせは入ったものの、戦時中には詳細はつかめなかった。戦後になって捕虜となった弟が残酷に日本兵に処刑されたことを知ったとき、ハラダは怒りで全身の血が沸騰するのを感じた。

捕虜はジュネーブ条約によって、人道的に扱われることとなっている。日本はその条約に批准していなかったが、それは弟を残酷に殺していい理由にならない。

——復讐《ふくしゅう》してやる。目にもの見せてやる。

その思いに駆られたハラダは、CICに自ら志願した。自分の手で、弟を殺した日本人をつかまえて報復しなければ気がすまない。

戦犯リストに名が挙がっていたものの、まだ捕まっていない『タケダ』を地の底まで探し出して、法の裁きを受けさせたかった。逃がすわけにはいかない。

ついにその努力が報われ、『タケダ』を逮捕することができたというのに、どうしてこんなにも心が晴れないのだろうか。

——わかってる。……稔のせいだ。

情報源でしかない相手に、深入りしすぎた。騙して利用するだけの相手が、ここまで自分の心をつかむとは思っていなかった。

——可愛かった。

どこかおずおずとした仕草や、遠慮がちな物言いを見ていると、何かしてやりたくなった。最初は飼い慣らすために、食べ物を与えた。だが、ハラダが日々食べている何の変哲もない食事に目を輝かせ、嬉しそうに恥ずかしそうに微笑むのが可愛くて、もっといろいろ分け与えたくなった。ついには同性である相手を抱かずにはいられないほど、情が移った。

――放ってはおけなかった。

この焼け野原となった日本で、日本人は驚くほど逞《たくま》しく生きている。狂乱物価と言われるほどのインフレや混乱の中で、どこかぼうっとしたところのある稔が、こんなふうに純粋なまま生きているのは奇跡に思えた。

だからこそ、守ってやりたくなった。自分の持てる特権を、全て与えてやりたい。

――稔のそばにいるだけで、安らいだ、すごく。

自分と手をつないでいるだけでドギマギしているのが感じ取れたし、闇市をうろつくときにも、ハラダの役に立とうと一生懸命になっているのが伝わってきた。

稔からひたむきな目を向けられて、ハラダは自分の中に残る温もりに気づかされた。

だが稔を裏切ってさえ、当初の目的である「タケダ」を逮捕せずにはいられなかった。それでもその逮捕の騒ぎのとき、その情報を流したのが稔だと人々に知られて、危険な立場に陥っていないか不安だった。

だからこそ、わざわざあの後、ハラダは稔を捜して闇市に引き返したのだ。

闇市は静まりかえっていた。ＧＨＱの捕り物があったという情報が、闇市中に流れたのだろう。とばっちりを恐れて多くのバラックは店を閉じ、客も極端に少ない。こんなにも暗い闇市を見たのは、初めてだった。

　稔が寝起きしているバラックまで向かおうとしていたとき、ぼんやりと向こうから歩いてくる稔を見つけた。

　ひどく放心した表情だった。

「稔」

　目の前まで来ても気づいていないようだったので、ハラダは肩をつかんで揺さぶった。

　ようやく稔はハラダを見た。だが、ひたむきに慕ってきた目の輝きは失われて、誰か知らない人を見るように怯《おび》えた顔をしていた。

　稔は今にも泣きだしそうだった。あと少しでもバランスが崩れれば、涙があふれ出して止まらなくなるだろう。

　稔のそんな姿に、罪悪感がこみ上げてくる。

　どうにか埋め合わせをしたかった。

「ケガをしたか？」

　尋ねたが、稔からの返事はない。

　ここは新橋の闇市内だ。ハラダと稔が一緒にいるところを誰かに目撃されたら、思わぬ襲撃を受ける可能性もある。すでにハラダがＧＨＱと関《かか》わりがあるということを、先ほどの騒ぎの中で知られていた。

　ハラダは稔の手をつかんで、闇市の外まで連れ出すことにした。

稔は手をつかまれたときに、一瞬だけ大きく震えて振り払おうとするそぶりを見せたが、そのままついてきた。

深夜の線路を横断し、駅の反対側に向かう。

駅には、『Allied Limited』と表示された連合軍専用列車が停《と》まっているだけだった。町はひっそりとして、人がかき消されたように見える。

闇市から十分に離れてから、ハラダは焼け跡がそのまま残る空き地でようやく稔の腕を離した。

何からどう説明すべきか悩んでいると、思い詰めたように稔が口を開いた。

「俺に親切にしてくれたのは、……みんな、……あの人を捕まえるためだったんですね」

説明せずとも、すでに何もかもわかっているようだった。

利用するつもりで近づいた。だけど、いつの間にかそれだけではなくなっていた。そのあたりのことを伝えなければならないのに、今にも泣きだしそうに歪《ゆが》んだ稔の顔を見ると、罪悪感のために言葉は喉に詰まる。

どんなにひどい血みどろの光景を目にしても、何も感じなくなっていたはずだ。なのに、稔を前にしただけで、ハラダはあきれるほどに言葉を失い、狼狽してどう説明すればいいのかわからずにいた。

弁解したかった。

だが、今更何を言っても言い訳にしかならない。稔を利用したのは事実だ。

一度は全てを認めるしかないと判断して、ハラダはうなずいた。

「そうだ」

それを聞いて、稔の肩が大きく震えた。

切れ長の大きな目にみるみるうちに涙が浮かび、瞬きによって頬を流れ落ちる。一瞬、その涙の美しさに見とれた。思わず手を差しのべて強く抱きしめたくなった。だが、稔は涙を流したのを恥じるように、うつむいてハラダから一歩離れた。

ハラダはＣＩＣの鬼だと、部下たちは噂している。目的を果たすためには手段を選ばず、あくまでも冷徹に、任務を遂行するのだと。

用事がすんだら、利用した相手はとっとと切り捨てるのが常だ。口を割らないようにしておく必要はあったが、それ以上に情けはかけない。

そんな冷たい自分が、稔のような少年の涙に痛みを感じているなんてあり得ない。今までの自分というものがぐらつき、崩壊していくような感覚を覚えながらも、ハラダは伸ばしかけた手をぐっと握りしめた。

利用したのは確かだ。だが、その代償として何かをしてやる覚悟はある。

その思いが消えず、気づけば口走っていた。

「だが、悪いようにはしない。役に立ってくれた礼はする。衛生的な住まいに十分な食べ物、他に何か希望があれば……」

高圧的に、ハラダは提案した。全てが露呈してしまった今、下手な言い訳はしたくない。

それでも、十分な処遇だと思っていた。

日本中が餓えている。住むところと、食べる物、それに十分な物資。オンリーと言われる高級娼婦《しょうふ》のように、自分だけのものにして愛《め》でてやりたい。敗戦国の民だから、この提案に飛びつくと思った。

だが、ハラダの前で立ちつくす稔の表情は、それを聞いてもほころぶことはなかった。むしろ顔からさらに血の気が失せ、表情が強張っていく。涙の滲んだ目で、きつくにらみつけられた。

それがどうしてかわからなくて、ハラダは身じろいだ。

「稔？」

そのとき、稔の身体が小刻みに震えているのに気づいた。ハラダは先ほど押しとどめた手を伸ばし、稔のほっそりとした身体を引き寄せようとする。だが、その前に稔は身体をひねってハラダの手から逃れた。

そのまま脱兎のように、背を向けて逃げ出す。

「稔……！」

驚いた。どうして拒まれるのだろうか。その理由がわからない。

生きるだけでもやっとな今、ＧＨＱの将校の庇護《ひご》を受ければ、豊かな物資が手に入る。おいしいものを食べられるし、餓えることもない。まともな食べ物を前にして、稔が喜んでくれた表情をよく覚えている。

だからこそ、稔に拒まれることはないはずだ。

そんなふうに思ったというのに、稔が最後に残したのは、悔しそうな表情だった。憎しみというよりも、限りない悲しみさえ感じ取れる。その表情に心を打ち砕かれ、ハラダは棒立ちになった。

気を取り直して追おうとしたときには、すでに稔の姿は路地の暗闇の中に消えていた。

闇市のねぐらに戻ったのだろうか。だけど、ＧＨＱのスパイであるハラダと通じていることが明らかになった今、稔は元のねぐらに戻れるのだろうか。

心配になって、ハラダはその翌日にあたる今日、部下に稔のねぐらを見に行かせた。だが、その二階建てのバラックに人の気配はないという。

いつもその前でサツマイモを売っている稔の姿は、闇市のどこにも見つからないそうだ。

――追いだされたのか。

そう思うと、ハラダはいてもたってもいられない気分になる。『タケダ』の尋問に立ち会う気になれないのはそのせいだ。

「……一人で、……生きていけるはずもないだろうが」

稔のことが頭から離れず、ハラダは小さく独りごちた。

闇市で暮らすしたたかな人々ならともかく、稔はお人好しでぼんやりしすぎている。

顔役だというヤクザが後見役としてついていなければ、すぐに誰かに騙されて無一文になるだろう。

闇市から追いだされたら、稔は食べ物も満足に調達することができず、のたれ死にするしかない。

身よりもなく、頼る人もいない。そんな稔が、今の日本で一人で生きていけるはずがない。

――だが、俺の知ったことじゃない。

ハラダは稔のことを、心の中から追いだそうとする。日本人の一人一人に情をかけていられる状況ではないはずだ。何より稔は、住まいや食べ物を与えようとしたハラダの申し出を拒んだのだ。

だが、いくら割り切ろうとしても稔のことが心から離れなかった。

ずっと追い求めてきた弟の敵を捕らえた喜びよりも、稔の涙ばかりが胸をいつまでも締めつける。稔が最後にハラダに向けた悲しげな表情が、瞼に灼きついて消えない。

闇市から離れて、この冬を一人で越すのは困難だろう。

それこそ身体を売りでもしなければ、生きていくことは難しい。

そう考えたとき、ハラダはたまらない憤りを覚えて立ち上がった。

――探そう……！

あの稔の肌に、自分以外が触るなんて許せなかった。抱いたとき、懸命にハラダにしがみついてきた稔の指の感触や肌の熱さを思い出しただけで、愛しさに胸が熱くなる。このまま、放っておけるはずがない。

これは職務ではなかった。

プライベートとしての動きになるが、どうにかして稔を探したい思いがハラダを満たす。

稔が自分の前から去ってから二日だ。たったこれだけの短い時間に過ぎないというのに、自分がどれだけ稔のことを大切に思っているか、ここまで思い知らされるとは思わなかった。

新橋の闇市から追いだされた稔は、眠る場所も定まらないまま、人を探して都内をさまよい歩くこととなった。

街には親を亡くした子供たちや、家を無くした復員兵が餓えてあふれている。毎日の食べ物を手に入れるだけでも、容易ではない。

配給では到底、日々の食糧はまかなえず、東京地裁の判事が闇での食べ物を拒否して餓死したと、拾った薄っぺらい新聞には載っていた。

闇市で働いている間に貯めた金でどうにか糊口《ここう》をしのぎつつ、稔は町から町へ移動していった。インフレはものすごく、いつこの金が紙くずに変わってしまうかと思うと、不安でたまらなかった。全ての金がなくなる前に目的を果たしたくて、気ばかりが焦る。

稔は自分がしてしまったことの、罪滅ぼしをすることになっていた。

『あの人は悪くないんだ。絶対に……！』

稔を追いだす前に、勝はそう語った。

新橋の闇市にかくまわれていたのは武田《たけだ》という男であり、彼は三人の米軍捕虜を、戦時中に裁判抜きの残酷な方法で処刑したという罪で、ＧＨＱや捜査当局から探されていたという。

武田はかつての勝の上官であり、新兵だった勝を一人前になるまで鍛え上げた人物だそうだ。

途中で勝は隊を変わった。だが戦後、武田が戦犯として追われているのを知ってかくまうほど、勝は上官の人柄に心酔しているのが伝わってきた。

『痛みのわかる上官だった。隊の全員があの人のためなら喜んで命を捧《ささ》げることを、密かに心に誓っていた。食べ物がないときには、自分は食べずに部下に食べさせる人だった』

そんな武田にかけられた嫌疑は、アメリカの空軍機が墜落したときに捕らえられた三人のアメリカ人捕虜のうち、二人を日本刀で斬首《ざんしゅ》し、残る一人を四十人の部下に銃剣で順番に刺し殺させた、というものだった。

『だけど、そんなこと、あの人がやるはずがない。誰に聞いても、おかしいとすぐにわかる。戦犯の調べは、ひどく杜撰《ずさん》だと聞いた。だから途中で名前がすり替わったか、何らかの間違いがあったに決まっている。ちゃんと調べれば、おそらくあの人の嫌疑は晴れる。——今からでも遅くない。俺はあの人の部下を捜しに行って、当時の話を聞く。そして、疑いを晴らさせる』

勝の言葉に、稔は弾かれたように言っていた。

『それを、……俺にやらせてください……！』

勝はひどく多忙だった。闇市では縄張りを巡って、他のヤクザとのもめ事が絶えないと聞く。勝が武田のことを気にしながらも、闇市を離れられなかったのはそのせいだ。

『おまえになどできるものか』

冷ややかに突っぱねられたが、稔は懸命に食い下がって、勝から一冊のノートを譲ってもらったのだ。

そこには、勝が今までに調べた事柄が書き記されていた。

武田が当時所属していた隊や、その部下の名前や住所。近隣の何人かだけは仕事の合間に勝が訪ねていったらしく、上から墨で死亡と書かれて消されていた。

隊は激戦地に配属され、日本に生きて戻った兵はほんのわずからしい。国中が焦土と化したこのご時世では、その生き残りを探すのはひどく困難だ。

『本気でやるつもりなら、このノートを渡してやる。だが、あの人の疑いを晴らすまで、おまえは帰ってくるな』

勝は稔をにらみつけて言った。

勝にとっては、稔よりも武田のほうがずっと大切な存在なのだろう。

そして、稔をこの闇市に置いておいたら示しがつかないだけではなく、稔の身の安全も保証できないのだと付け加えた。

稔も自分の微妙な立場はわかっていた。スパイのようなことをしてしまった以上、この闇市から出ていくしかないことも。

そのノートを元に、稔は闇市を出て、一軒一軒、武田の部下だった人の住所を訪ねていくこととなった。

今となれば、ハラダと一緒だったときの自分が、どれだけ浮かれていたか理解できる。

初めての恋だった。自分が利用されていることを薄々と感じながらも、それから必死に目をそらせてハラダばかり見ていた。

そんな自分がしでかした罪を償うためにも、稔は武田の嫌疑を晴らすために死力を尽くすしかない。

隊員の出身地は都内近郊が多かった。その住所を訪ね、どうにか焼け跡から行方を捜して身内を突き止めても、戦死したという返事が戻ってくるばかりだ。

四十人いた部下のうち、ほとんどが死んでいるか行方不明という返事を得て、望みを託せるのは地方出身の四人だけという状況になっている。

――どうにか、生きて証言してくれる人が、見つかりますように。

彼らの実家に向かうために、稔は全財産を持って列車に乗った。

さまよい始めて、一ヶ月以上が経った。すでに冬となっていた。

列車の本数は極端に少なく、まともな運行も期待できない。列車に乗る前に調達できた食べ物はわずかで、先が見通せない。

闇市を出てから、武田の部下を捜して都内を毎日限界までさまよう過酷な生活が続いていた。稔の全身はひどく疲弊し、足の裏にはマメや水ぶくれが治る間もないほどできていた。できるだけ旅費を節約するために、歩ける距離ならひたすら歩いてきたためだ。

だけど、目的があることが、今の稔には救いともなった。それに肉体の痛みがあれば、胸の痛みを少しだけ忘れていられる。

ただ利用されていただけなのに、恋してのぼせ上がった自分の愚かさに心が引き裂かれそうだ。思い出したくないというのに、瞼を閉じるたびにハラダの姿が鮮明に浮かびあがって、稔を苦しめる。

自分に触れてきた手の熱や、肌越しの感触も何もかもよく覚えていた。身体が勝手に、あの一晩の記憶を深く刻みこんでいる。

必死で忘れようとしているのに、忘れられなかった。思い出すたびに、心臓が張り裂けそうな痛みが走るというのに。

叫びそうなほどの狂おしさを抱えこみ、疲れ切っているのに眠れない日々が続いていた。

鈍行電車を乗りついで、稔は何日もかけて部下だった男の故郷を目指した。その町に辿《たど》り着いても相手は簡単に見つからず、ひたすら手当たり次第に聞きこんだ末に今は近くの町にいるという不確かな情報を得た。それにすがるしかなくて、また稔は移動する。

だんだん寒さが身にこたえるようになっていた。

稔が身につけていたのは、ハラダが与えてくれた長袖のシャツにズボンだ。それだけでは寒くてたまらなかった。待合室で震えていたとき、それを見かねた復員兵が、自分のカーキ色のコートをくれた。慌てて辞退しようとしたが、自分はもうじき故郷に着くから、それはもう要《い》らないと微笑まれた。

——人のお情けで生きている。

旅の途中ほど、そう思うことはない。

だが、雪もちらつくころになると、そのコートでも追いつかないほど足の先から凍えてきた。眠るところもまともに見つからず、雪が吹きこむ駅の構内で、ひたすら身体を丸めて朝が来るのを待ちわびるような日々が続くこととなった。

降雪によっていつ次の列車が出るのかもわからず、ひたすら駅の片隅でうずくまっていたとき、ついに稔は高熱を出して動けなくなった。

両親が自分を迎えに来た幻覚に取り憑かれ、頭が燃えているような感覚の中でうわごとばかりつぶやいていた。このまま死ぬかもしれないと、頭のどこかで考えた。だが、気づけば、どこかのバラックの中にいた。通りすがりの人が、見ず知らずの稔を家に入れて介抱してくれたらしい。その人に助けられなかったら、あと少しで稔は死んでいただろう。

熱が下がり、おかゆを食べさせてもらって、稔はようやく動けるようになってその家を出た。

列車は動くようになったがなかなか目指す相手は見つからず、雪の中で何度も行き倒れそうになりながらも、稔はやっとの思いで最初の一人の部下を見つけだした。闇市を出てから、二ヶ月ほどが経過していた。

不審そうに稔を見る汚れた復員服姿の男に、恐縮しながら話しかける。

「突然、すみません。あなたを探して、東京からやってきたのですが……」

戦犯として捕まった武田の冤罪《えんざい》を晴らすためにきたのだと事情を伝えると、男は驚いた顔をした。

彼も、武田がそんなことをするはずがないとすぐに言う。米軍捕虜を捕まえて殺したということ自体なかったと答える彼の態度から、嘘は感じられなかった。

——よかった……。でも、どうしたらいいんだろ。

道中、記憶するほど読んだ勝のノートには、勝が書き写した戦犯リストでの容疑が書きこまれている。そこには、武田が米軍捕虜を捕まえた日時や、処刑したとされる日時がハッキリと記されていた。

——だったら、その日付前後の様子を可能なかぎり思い出してもらって、当時の隊の様子や、その兵から見た武田の人となりを自分が聞き取ればいい？

それを正確にノートに記せば、証言となるだろうか。

二日かけて稔と男は、その作業を行うことにした。

彼は武田のことをひどく心配しており、冤罪を晴らすためにも、必要があればいつでも東京に行くことを約束してくれた。稔はそのノートの最後に、彼の署名と拇印《ぼいん》をもらってその地を発った。

彼は稔のために次の地に行く切符を取ってくれただけでなく、食糧も持たせてくれた。

だが、次の一人を見つけるのも大変だった。

自分が途中で死んだときのために、稔は高熱を出して行き倒れた時から、懐に入れたノートに闇市の勝の名を記し、切手を貼《は》った封筒を挟んである。これを見つけたら、ポストに入れてくださいと、封筒には書いた。

食糧が尽きると、ひもじくて寒い日々が戻ってきた。寒風に吹かれてガタガタ震えながら、不思議と思い出すのはハラダのことだった。

最初は思い出すだけでも辛かった。だけど、死にそうになった高熱の後では恋しさのほうが勝ってくる。

稔は両親の幻覚が消えた後で、高熱にうなされながらハラダと一緒にいたときのことばかりを思い出していた。

ハラダは初めてのときめきと、幸福感をくれた。

——巡り会えただけでいい。忘れたくない。

そんなふうに、今は思える。

稔は宝物を集めるように、ハラダの記憶を呼び起こす。ややもすれば消えそうになるハラダの表情や声をたぐり寄せては、ひたすら追憶に浸る。

——今でも好き。利用されただけだとわかっても。

好きにならずにはいられないぐらい、ハラダは優しかった。ほんのひとときだけでも、稔を幸せな気持ちにさせてくれた。今となれば、それだけで十分だ。他に何を望むことはない。

ハラダにとって、自分はただの道具でしかなくとも。

――会いたいな。ハラダさんに。

凍てついた駅舎で、稔は指先を白い息で温めながら、がたついた板戸の隙間から満天の星空を見上げる。空気が冷えきっているせいで、怖ろしいほど星が綺麗だ。この空はハラダのいるところまで続いている。満州にまだいるかもしれない、両親のところまでも。

もしかしたら、両親は死んでいて、空で自分を待っているのだろうか。

――だけど、まだ行けないんだ。

死ぬわけにはいかないと、稔は心の中で両親に伝える。石にかじりついても武田の部下の行方を捜さなければならない。そのことを、勝に約束した。それがすんだら、稔は東京に戻ることができる。

――そうしたら、ハラダさんにもう一度会えるかな。

遠くからハラダの姿を目にするだけでもいい。話をしたり、近づいたりすることはできなくても、その姿を目に灼きつけたい。

ハラダがアメリカに帰国してしまうことだけが心配だった。

だからこそ、急がなければならない。

気持ちは焦ったが、まともに列車は動かない。

明日はどうなるのだろうか。

戦時中は日本人は敵国人であり、任務のために彼らを利用することなど、ハラダは何とも思ってはいなかった。

だけど、新橋の闇市に隠れていた戦犯を捕らえ、稔のひどく傷ついた顔を見たあのときから、ハラダの胸には何だかすっきりしない思いが巣くっている。

雑踏を歩くときには、いつでも稔の姿を探さずにはいられなかった。稔に年格好が似た若者の死体が出たと聞けば出向いて確認せずにはいられなかったし、その死体を一瞬稔と見間違えて、心臓が止まりそうなショックを味わったこともある。

稔がいなくなって一ヶ月も経ったころには、自分にとってどれだけ大切な人だったのか思い知らされて打ちのめされていた。

ついに休みのたびに、ハラダは東京中の闇市をうろつき、稔を捜すようになっていた。それでもまるで手がかりはつかめない。思い詰めたあげく、ハラダは自分から新橋の闇市を訪れて、勝を呼び出した。

「あんた……っ！」

路地で顔を合わせるなり、勝はハラダの襟元につかみかかってきた。

それに抵抗せず、ハラダは壁に身体を打ちつけて受け止める。喉を押さえこむ勝の腕を振り払うことなく、追い詰められた声でまずは尋ねた。

「稔はどこにいるんだ。知ってるか？」

勝はハラダがＧＨＱの人間だと承知していた。だからこそ情報を漏らしてくれるとは思えず、今まで接触することはなかった。

だが、勝からの情報にすがるしかないほど、ハラダは追い詰められていた。すぐにでも稔に会って庇護しないと、彼は死んでしまうのではないかという狂おしいほどの不安がこみ上げてきて、ハラダを日夜苦しめる。

まずは稔が無事だということを、確認したい。それから庇護して、詫《わ》びをしたい。そうしなければ、夜も眠れない。

「そんなこと、……おまえに教えるものか……！　それよりもあの人は…！　武田大尉は無事なのか？」

「タケダはまだ裁判中だ。稔のことを教えてくれ！　助けたいんだ、稔を」

勝の口調に負けないほどの声で、言い返す。心の底からの叫びだった。

ハラダのその声に切実な響きを感じ取ったのか、勝が敵対するような表情をあらためて、じろじろと眺めてくる。

「頼む」

重ねて頼むと、勝は少し決まり悪そうにうつむいた。ハラダを締めつける腕を離す。

「俺だって、……あいつがどこにいるのか、知らない」

「何だと？」

「……出ていかせたんだ、俺が。ＧＨＱの手先となったあいつを、ここに残しておくわけにはいかなかった」

ＧＨＱは日本の救世主という触れこみでやってきた。

だが、今までの社会システムをぶち壊し、新たに作り替えているから、旧来の勢力からの抵抗も大きい。

ＧＨＱとのコネを自分の武器として最大限活用できる人間もいたが、稔にはそんなしたたかさはないだろう。裏切り者となった稔を闇市から出ていかせるほうが安全だと、勝が判断したのもハラダには理解できる。

「出ていかせるときには、十分な保護と金を持たせたのか？」

自分でもそんなことをしなかったくせに、ハラダは思いのままに勝を責める。

今となれば、何より自分が稔に十分な保護を与えるべきだった。戦犯を捕らえるために、役に立ってくれたのだ。

だが、稔に拒まれたハラダは、呆然と立ちつくすことしかできなかった。

稔が自分を拒んだのは、誇りからだった。今となればそれが理解できているが、あのときはただ拒まれたことに衝撃を受けていた。

稔を突き放し、時が過ぎ去るのに任せた後悔が、ハラダの心の中にずっとある。自分への怒りが、いつまでもくすぶっている。

勝もそれは、一緒なのかもしれない。

「何も与えちゃいねえ。……着のみ着のまま、あいつは出ていった。ここにいる間、貯めた金を持ってはいたが、大した額ではなかったはずだ。……そんなあいつが、この冬を越せているかどうか。一生懸命ではあっても要領が悪くて、自分が餓えていても、最後のにぎりめしを、見ず知らずの子供に与えてしまうようなヤツだ」

身体の脇に下げた勝の拳《こぶし》が、ぶるぶると震えていた。彼も限りなくそのときのことを、悔いているように思えた。

金もなく後ろ盾もなく、稔がここを出ていったことが再確認されて、ハラダは絶望した。

稔が道ばたで倒れ、動けなくなっている姿が頭をかすめる。

この冬、そんな人々を大勢見てきた。ひっくり返して、その人相を確認することもした。稔がその一員になっていない保証は、どこにもない。

いてもたってもいられないような不安に、息が詰まる。

最近はプライベートの多くを、稔を捜すために使っていた。だが、全ては遅かったのだろうか。

血を吐く思いとともに、ハラダは言った。

「東京中のめぼしい闇市を、稔を捜して歩いた。だが、全く手がかりはない。行方について、心あたりはないか」

稔は上野駅で両親と待ち合わせているのだと言っていた。だからこそ東京を離れていないのではないかと考え、ことあるたびにハラダは稔が教えてくれた柱の前を訪ねて、その姿を探してきた。

だが、稔には会えないままだ。

勝はハラダを見て、あいまいにうなずいた。

「……もしかしたら、という心あたりはある」

「どこだ！」

それを聞いて、ハラダは今まで勝に会いにこなかったことを後悔した。

「……おまえらに捕まったあの人は、戦犯として裁かれるような人ではない。絶対に、冤罪に決まっている。……そんな話をして、稔に……その人の部下だった人の名簿を手渡した。自分のしたことを悔いる気持ちがあるのなら、この中の誰でもいいから、生きている部下を捜し当てろと」

「何……だと…？」

今の日本で、人の行方を捜すのはひどく困難だ。大勢が死に、家が焼け、人々は生活の糧を求めて散り散りになっている。

「だったら、稔はどこだ？」

「その名簿にあったのは、都内やその近郊がほとんどだ。まずは近場から回ったと思う。だが、それがすんだら地方に旅だったこともあり得るな。強制したわけじゃない。地方に行こうとしても交通網はズタズタで、そう簡単に行くことはできないはずだ。一人でも部下の行方を突き止めるのは、……困難だろう。ほとんどが戦死したと聞いている」

「だが、……稔だったら、もしかしたら」

つぶやいたハラダと、勝の視線がかち合った。

稔は生活力もなく、要領も悪い。このような任務を与えても、うまく遂行できるとは思えない。

だが、ハラダは稔の中に芯の強さを感じていた。こうと決めたら命がけで取り組むことだってあり得る。むしろ、愚かしいばかりにそれを遂行しようとするかもしれない。

住居と食糧を与えて囲ってやろうとしたとき、それをきっぱりと拒んだ稔の態度が思い出された。

要領よく苦行から逃れるタイプではない。今頃、命に替えても使命を果たそうとしているのではないだろうか。

「稔が探そうとしている部下たちの、名簿の住所というのはここにあるのか」

「まさか、おまえが行って、稔を探し出すつもりなのか」

「……ああ」

一瞬のためらいの後で、ハラダはうなずいた。

仕事がある。日本には遊びに来ているのではない。

GHQの権力を持ってしても、日本国内の旅行は快適とは言い難いし、線路が破壊されたところでは汽車や電車の運行もままならない。この冬は豪雪のために、一部の区間が完全に止まっているとも聞く。

――だが、稔はもっと苦労している。

そう思えば、多少の労苦は何でもないように思えた。一刻でも早く稔の行方を突き止め、苦行から救い出さなければならない。

その決意を読み取ったのか、勝は小さく息を吐き出した。

「連絡先は、ここにはない」

「どういうことだ？」

「稔に渡したノートに、全部写し取ってあった。元になったのは、陸軍に残されていた名簿だ。終戦前のな。どうにかツテを辿って、見せてもらった」

「――だったら、それはこちらで突き止めよう」

そう言って、ハラダはきびすを返そうとした。その名簿が現存するなら、GHQの権限で入手できるはずだ。

そのとき、勝がハッとしたように呼び留めた。

「待て！　――どうでもいいことかもしれないが、不思議と引っかかってることがある。一度、……稔が、……どこかでリンゴが買えないかと聞いてきたことがあった。あれは、おまえと会っていたころのことだ。まだ季節が早くて、あと十日ほど待たないと手に入らないと答えたものだが、……稔がリンゴを欲しがったのは、…おまえと何か関係があるのか」

「リンゴ？　……いや」

すぐに否定したが、ふと思い出したことがあった。

この話を、自分は稔にしただろうか。

記憶をたぐり寄せながら、言ってみる。

「……俺はアメリカ育ちなんだが、生まれた家の庭に、……日本から持ってきたというリンゴの木が植えられていた。……両親はその実を食べるたびに、日本の話をした。だけど、大戦が始まったときに家は接収され、それからそのリンゴは、俺の口に入ることはない。……俺にとって、リンゴは日本の味だ。……ああ。確かに、そんな話をしたな」

話している間に思い出す。

稔に何か食べたいものはないかと尋ねられたときに、ハラダはそんな話をしたのだった。

『いつも、……おいしいものをいただいて、申し訳ないのです。俺のほうでも、……何か差し上げられるものがありましたら』

そんなふうに遠慮がちに尋ねてきた稔の声が、ひたむきな表情とともに驚くほど鮮明に浮かびあがってきて、ハラダは身じろぎした。

「稔は、リンゴを探していたのか?」

「ああ。だとしたらやはり、おまえに食べさせたかったんだろうな。闇市中の店を回って、リンゴを探していた。だけど、リンゴの季節には、まだ少しだけ早かった。どこでも手に入らなくて、困り果てて俺に聞いてきたんだと思う」

稔が自分のために、そこまで懸命にリンゴを探してくれていたなんて思わなかった。

リンゴなどさして食べたいわけではなく、聞かれたからふと思い出して言っただけだ。リンゴという答えに、稔がやたらと嬉しそうに微笑んでいたのも覚えている。

『それなら、……俺でもどうにか探せるかもしれませんね』

稔のことを思い出しただけで、じわりと目頭が熱くなる。闇市の店を一軒一軒、リンゴを探し回る稔の姿が脳裏に浮かんだ。

だけど、手に入らなくて、稔はひどくガッカリしたのだろう。

知らないところで、稔が驚くほど自分に情をかけてくれたことを知る。稔はただ与えられるだけではなく、ハラダにも何かを与えたかったのだ。

――稔……。

泣きだしそうになって、ハラダは瞬きをして顔を上げた。

こんなふうに涙が湧くなんて、鬼だと言われていた自分は本当に変わってしまった。

稔のために、今、自分は何をしてやれるだろうか。

稔がリンゴを入手する前に、あの事件が起きた。気づけばこの秋、ハラダはリンゴを口にしてはいない。すでに季節は冬になり、リンゴは店頭から消えていた。

「やはり、あんたのためか」

勝はため息をつくように言った。

それから、ハラダに懇願するように言ってきた。

「見つけてやってくれ。……稔は、……あんたのために一生懸命だった」

「――ああ」

万感の思いとともに、ハラダはうなずく。

稔にそこまで思われているのを知りながら、ハラダはそれを利用した。

そのしっぺ返しを、今受けている。

【三】


あっという間に新年がやってきた。

クリスマスも仕事で忙殺されるほどで、帰国することなどハラダは考えもしなかった。

強制収容所から両親は釈放され、着のみ着のまま元いた家に戻るように命令されたらしい。だが、不在の間に家も畑も荒れ果て、元通りの社会的地位に復帰することも容易ではないそうだ。手紙や電話で、そんな両親の窮状が次々と伝えられてきている。

――両親を助けてやらなければ。

そうも思うが、GHQで働く息子に、両親は日本で責任を果たせと言ってきた。こちらはいいから、日本人を助けてやれと。何よりハラダには、率先してやらなければならないことがあった。

――稔がまだ見つかっていない。

なかなか東京から離れることができないでいた。それでも、まとまった休みを取りたくて懸命に働いていた。

逮捕された『タケダ』は、この三ヶ月の間に横浜《よこはま》軍事法廷で起訴されることとなった。

証拠調べと証人尋問に入ってはいたが、何かと日数がかかっているらしい。ハラダはその裁判の行方に注目していた。部隊は戦地を移動していたから、捕虜の虐殺を命じたのが『タケダ』であり、それに関わったのが『タケダ』の部隊だと特定するのが困難なようだ。

戦犯裁判は通常の裁判よりも手続きが簡略化されているが、それでも『タケダ』の場合は証拠を固めるのにここまで時間がかかっているらしい。

——ただ一人の証人は、……元日本軍の松井《まつい》参謀か。

松井は戦後、ＧＨＱに元日本軍の機密を流す代償として、戦犯としての追及を逃れた汚い男だ。むしろ松井は戦犯としての訴追を逃れきれない残虐行為を重ねていたという自覚があったからこそ、保身のために他人を生け贄《にえ》に捧げる決意をしたとも言える。

松井のバックにはＧＨＱの高級将校がついており、それに逆らうのは大変そうだったが、その裁判の記録を通じて、ハラダは『タケダ』の部隊の部下だった男たちの名簿を手に入れていた。

この部隊の生き残りを探して、稔は今、日本のどこかをさすらっているのだ。

都内やその近郊に住所があった部下は一通り訪ねたが、そのほとんどが死亡していた。ハラダの前に、稔が訪ねて話を聞いた痕跡《こんせき》もあった。

年末年始は警備の打ち合わせで動けなかったが、年が明けたので次の休みに新潟《にいがた》まで足を伸ばそうと考えていた。そんな朝のことだ。

ハラダは宿舎として接収したホテルのフロント付近で、部下たちが騒いでいるのに気づいた。

——何だ？

気になって、ハラダは階段を下りていく。

年始のホテルの出入口は、門松や鏡餅《かがみもち》、しめ縄などで日本風の飾りつけがなされている。そこに立っていた兵の手に、真っ赤なリンゴが握られていた。

それを見た途端、ハラダは稔を思い出した。

「どうした？　何があった？」

尋ねると、兵は階段の途中にいるハラダに気づいて敬礼した。

「このリンゴが入った袋が、玄関に置かれておりました。紙袋には『ハラダさまへ』と、日本語で書かれています」

「俺に？」

思い当たることがあって、ハラダは慌てて階段を駆け下り、そのリンゴと入っていた紙袋を受け取った。

粗悪な茶色の紙袋だった。その中に、リンゴがいくつか入れられている。

その表には、鉛筆で確かに『ハラダさまへ』と記されていた。だが、差出人の名はどこにもない。

「これは誰が」

稔からかもしれないという考えが、ハラダの頭に浮かぶ。早く答えを知りたくて、兵に詰め寄った。

次の休みに新潟まで、稔を捜しに行こうと準備していた矢先の出来事だ。その稔が東京まで戻っていたのだったら、すぐにでも会えるはずだ。

だが、兵は申し訳なさそうに首を振った。

「誰も見ておりません。入口のドアの外側においてあったので、見つけてすぐに、誰が置いたのかと一通り外を回ってきました。ですが、あやしい人影はなく」

「そのとき、レィディとも見えるような、可愛い顔立ちの少年を見なかったか？　白いシャツを着ている……」

稔のことを念頭に置いて尋ねる。

だが、兵は何も見ていないのだと繰り返すばかりだった。

宿舎に立ち番はいない。

自分の目で確認せずにはいられず、ハラダはリンゴの包みをつかんでホテルから飛び出した。

稔がいたなら、一目でわかる自信がある。だが、まだ三が日で、ホテルのある本郷《ほんごう》近くには人気がほとんどない。それらしき人物は見あたらなかった。

二十分ほど外をうろついた後で、ハラダは諦《あきら》めて部屋に戻るしかなかった。それから、置かれていたリンゴを眺めた。

つやつやとした、大きめの良いリンゴだ。

リンゴの季節は秋だったが、品種によっては長期保存ができるはずだ。それでも、この季節珍しくなったリンゴを探し回る稔の姿が、脳裏に浮かぶ。

――どうして、……おまえはこれを持ってきた……？

稔からだという保証はどこにもない。だが、ハラダは日本にほとんど知り合いはいない。名指しでリンゴを持ってくるような相手に、他に心あたりはなかった。

ハラダは袋が入っていた紙袋もしげしげと眺める。先ほどは気づかなかったが、袋の内側に、鉛筆で小さく書いてあった。

「今までありがとうございました」

——今までありがとう、だと？

何だかひどく嫌な予感がした。

ハラダは考えこみながら、リンゴの皮をシャツに擦りつけて磨き、歯を立ててかぶりつく。

シャリ、といい音がした。

それはみずみずしくて少し酸っぱく、幼いころに家で食べた日本のリンゴと同じ味がした。

これを稔が苦労して探して持ってきてくれたんだと思うと、その愛おしさに胸が痛くなる。

遠いアメリカの家を思い出すのと同時に、リンゴを一緒に食べた弟のことも思い出した。

捕虜として捕らえられたはずの弟が、日本軍に虐殺されたと聞き、その犯人を探し出すのに躍起になった。その犯人を引きずりだし、法廷の場で罪をあがなわせることが、ハラダにとっては何よりも優先される正義だったはずだ。

だが、弟の敵であるはずの犯人が冤罪だと証明するために、稔は証人を探しているという。

何をどう考えていいのか、わからなくなっていた。

ハラダはリンゴを食べ進めながらも、稔が持ってきた紙袋を飽きずに眺める。

自分にこのようなものを持ってきた当の稔は、ちゃんと食べているのだろうか。お腹を減らしてはいないだろうか。

おから寿司を誇らしげに食べさせてくれたときの稔の表情を思い出す。その後、銀シャリの寿司をおいしそうに頬張っていた顔も思い出した。

——何で俺は、……おまえを手放した。

あのときの自分は、何もわかっていなかった。

上野で待ち合わせていた両親と、稔は再会できただろうか。

――いや、たぶん無理だ。

引揚船の情報も、ハラダはずっと取り寄せていた。乗客リストから漏れている可能性もあるからゼロとは言えないが、稔の両親が帰国している可能性は低い。

稔を捜して、新潟まで出かけるつもりだった。

だが、リンゴが届いたことで思いがけず近くにいる可能性が捨てられなくなる。嬉しいはずなのに、何か嫌なことが起きるような感覚がつきまとうのはどうしてなのだろう。

――これのせいだ。『今までありがとうございました』

何のつもりで、稔はこんな言葉を書いたのだろうか。

遺言に思えて仕方がない。

不幸な予感に、ハラダはゾクリと震えた。


この年、皇居の二重橋《にじゅうばし》が二十三年ぶりに解放され、日本国民の一般参賀が認められるようになった。

だが、祝祭日の国旗掲揚はＧＨＱによって禁止されていたから、正月の町中はどこか色合いが乏しい。

仕事始めの日、ハラダは連合国軍最高司令官の警備隊に同行して都内の道をジープで走っていた。夕べ降った雪がぬかるみとなって、その泥をジープが跳ね上げていく。

マッカーサーは正月もまだ明けやらないうちから精力的に動き、内閣への働きかけを行っていたらしい。軍備を放棄させた日本の再軍備を本国から指示されたことで彼が苛立《いらだ》っていることを、ハラダは感じ取っていた。

今まで、マッカーサーが日本に強いようとしていた民主化、非軍事化という基本原則に反するからだ。

――どうするつもりなのか。

CISに所属するハラダには、それなりの詳しい情報が入ってくる。日本人の内閣への通訳を頼まれることも多く、日本語での書類を作成するのもCISの役割の一つだからだ。

日本の軍国主義を推進した者に対する公職追放と、財閥解体が進行していた。戦犯を裁く東京裁判も、長々と続いている。

これからの日本はどんな方向に向かうのかと、ハラダはジープから焼け跡を見回しながら思いを巡らしていた。

最高司令官が乗った車が、接収された日比谷の第一生命ビルの正面に停まる。同行していたハラダたちの乗る車も、スピードを緩めた。

マッカーサーは居住しているアメリカ大使館から、だいたい同じ時間にGHQ本部に移動する。だからこそ、第一生命ビルの前には彼を一目拝もうと、物見高い日本人による黒山の人だかりができていた。

見張りの兵はいたが、危険なことは起きたことがない。毎日、最高司令官には日本人からのファンレターが山のように届くほどだ。

車のドアが開き、マッカーサーがビルに向かって歩き始める。見物人がその姿を見てどよめいた、そのときだった。

「待って……！　待ってください……っ！」

周囲を取り巻く人垣の中から、一人の少年が転げるように飛び出してきた。手に書簡を掲げ持ち、マッカーサーに近づこうとしている。

その姿を遠目に見た瞬間、ハラダは衝撃に息をつめた。

——稔……っ！

ずっと探していたその相手が、こんな場所でこんなふうに現れるとは思ってもいなかった。

距離があったし、驚きのあまり、ハラダはただ凝視していただけだ。

マッカーサーはちらりとそちらを見ただけで、何事もなかったかのように第一生命ビルのエントランスに向かう。

稔は人垣から飛び出したところをビルの入口に立っていた警備兵二人によって、しっかりと拘束された。

それを見たハラダは、まだ遠いところに停まっていたジープから飛び降り、彼らの前まで早足で近づいていった。

「会わせてください……！　元帥に……！　せめて、この手紙を渡していただくわけにはいきませんか……っ！」

稔が警備兵と揉み合いながら、必死で訴えているのが聞こえてくる。

日本語が堪能《たんのう》でない警備兵の間に、ハラダは割りこんだ。

『手紙を、……元帥に渡せと訴えている。直訴だ』

彼らにそう伝えると、稔がハッとしたように顔を向けた。

ハラダは目深に軍帽をかぶった軍服姿だ。目が合った途端、稔の目が大きく見開かれた。ここでハラダと再会するとは思ってもいなかったのだろう。

深く恨まれていると覚悟していた。自分は稔を利用するだけだった。ののしりの言葉が出てきても不思議ではない。

だが、稔の口から漏れたのは別の言葉だった。直訴として掲げ持った手紙を、ハラダの手に押しつけてくる。

「会わせてください、元帥に……！　そして、この手紙を渡してください」

「何の手紙だ？」

稔の必死すぎる剣幕に気圧《けお》されながら、ハラダはその手紙を受け取った。

会わないでいる間に稔はずいぶんと痩せ、ぎらつく大きな目が目立つようになっていた。

だが、髪はこざっぱりと切りそろえられ、ブカブカだがスーツも着ている。直訴する相手への敬意を、稔なりに精一杯こめたのかもしれない。だが、コートなしだから寒いだろう。

それでも、内側から放たれる今日の迫力は普通ではなかった。何をしでかすかわからない、命がけのものが感じ取れるからこそ、警備兵も稔の腕を離せずにいるのかもしれない。

「……っ、武田……さんの、……助命……嘆願です……！　武田さんは戦犯ではありません。……そのことがわかったんですけど、どこでもそれを聞いてはくれず、……元帥に訴えに……！」

稔が言ったとき、不意に英語で割って入る声があった。

『何の騒ぎだ……！』

そこに立っていたのは、警備担当将校だ。

マッカーサーと同じように、今、外から戻ってきて、車を降りたところのようだ。

『最高司令官に直訴が』

警備兵が、敬礼とともに返事をする。

将校は不機嫌そうに稔を見てから、横柄に顎をしゃくった。

『そうか。では、所定の手続きを』

『は』

それだけ言って、将校は部下を従えてビルの中に入っていく。

将校が消えた後、稔をどこかに引き立てていこうとする警備兵の動きに気づいて、ハラダは鋭くそれを呼び止めた。

『待て。どこに連れていく気だ？』

兵たちは一瞬驚いた顔をして、答えてきた。

『所定の手続きと言われましたので』

『こんなもの、とっとと放り出せばいい』

つまりは、稔に対するおとがめなしで。

そうハラダは伝えたかったのだが、直属の将校から命じられた兵は、そうはいかないようだ。

『以前も、直訴の扱いで叱《しか》られましたので』

言っている間に車が準備され、稔はその車に引き立てられていく。

おそらくこの第一生命ビルから、法務局が入っている明治生命《めいじせいめい》ビルまで移動させられ、取り調べを受けることになるのだろう。

せめて稔にコートを渡したかったが、軍の服装の一部であるものをそう簡単に手渡すわけにはいかない。

ハラダは忌々しい思いで車を見守った後で、急いでＣＩＳに向かった。すぐにでも正式な手続きを得て、法務局に押しかけるつもりだった。

極東国際軍事裁判や、ＢＣ級戦犯裁判を担当している法務局は人手不足であり、通訳の人間を喉から手が出るほど必要としている。

それを知っているからこそ、したり顔で手伝いの電話をかけた。

待ちきれない思いでハラダは廊下を歩き、稔がいる小部屋のドアを押し開く。

少しでも目を離したら消えてしまいそうな不安があったが、稔はまだそこにいた。

「稔」

思わず呼びかけると、驚いたように視線が動く。

ハラダを見た途端、強張っていた表情が崩れ、不意に泣きだしそうな顔をした。

だが、ギリギリのところできつく唇を嚙んで稔は踏みとどまった。

ハラダは一人ではなく、法務局のスタッフと一緒だった。プライベートでやってきたのではないと、見ただけでわかったのだろう。他人めいた表情になる。ハラダの立場も考えたのかもしれない。賢さが感じ取れた。

ハラダは稔の向かいの椅子に座った。

仕事中だからプライベートな会話を交わすことはできないが、稔の味方だと全身で伝えてやりたい。暖房もなしのこの部屋は冷えるから、まずは抱えてきた私物のコートを稔の背にかけてやった。

それだけで稔が驚いたような顔をしてから、感謝したようにおずおずと会釈してくるのが可愛かった。まだハラダとの距離をはかりかねているのだろう。

法務局のスタッフが稔を取り調べるのを、ハラダが通訳する形となった。

『どうして、あなたは直訴をしたのですか』

その言葉を、ハラダが日本語で伝える。

直訴などしたら、何らかの処分を受けることも考えられる。

その問いかけに、稔は透明な笑みを浮かべた。

すでに自分がどんな罰を受けようとも、覚悟しているように思えた。

「……俺が、……持参した手紙に、全て書いてあります。それを英語にして、元帥に伝えてください」

そう言って、稔はひたむきにハラダを見つめた。

これが最後だからしっかりと覚えておこうとでもいうように、懸命に目で追いかけてくる。

その眼差しは柔らかく、かすかな恥じらいを含んでいた。

あんなふうに利用したことを、ずっと恨まれているのだとばかり思っていた。だが、稔の態度からは、ハラダへの憎しみはまるで伝わってこない。

――むしろ、愛しくてたまらないという態度そのもの。

必死で隠そうとはしているようだが、滲み出すものがある。ハラダも息をつめるようにして、その眼差しを受け止めずにはいられなかった。

ずっと稔を捜してきた。

どこかで餓えていないか、凍えていないか、ケガや病気をしていないか、気にかかってたまらなかった。

目の前にいる稔は痩せたものの、それでも健康そうに見えた。何かを覚悟したもの特有な、どこか硬質の透明な空気に包まれてはいたが。

――無事で良かった……。生きていてくれて。

今すぐにでも稔を、力のかぎり抱きしめたくてたまらない。ずっとおまえを探していたのだと告げてみたい。

だが、仕事中だ。他の部署のスタッフもいる。

稔とプライベートな関係があると知られてしまったら、この後、稔に便宜を図ることもできなくなるだろう。

そう思って、ハラダはどうにか平静を装った。それでも、眼差しがひたすら稔に向いてしまうのは止められずにいた。

『手紙に何が書かれているのか、確認してみましょう』

ハラダはそう言って、法務局のスタッフが持っていた手紙を受け取り、視線を落とす。

粗末なザラ紙に、丁寧な文字で記されたものだった。誰かに書き方を教わったものでもないのだろう。形式は整ってはいなかったが、稔の懸命な思いが表れている。

『恐れながら、マッカーサー閣下に、謹んで申し上げます。先日、GHQに逮捕された武田克宏《かつひろ》についてですが、武田は部下からの信頼も厚く、捕虜に対する扱いも適切であり、決して捕虜虐待の罪を犯すような人ではありません。戦争中の武田の行動について知っていただくべく、当時の部下だった兵たちの証言を、能《あた》う限り集めてみました』

そんな言葉の後で、稔が彼の部下から聞き取ったという『タケダ』の部隊の行動が、時系列とともに詳細に記されていた。

やはり稔の筆跡は、リンゴが入っていた紙袋のものと同じだった。リンゴが届いたのは、直訴する前にハラダに別れを告げにきたからだろうか。

——それとも、礼を……？

そのことを聞きたい気持ちをぐっと抑えて、ハラダは直訴の手紙を読み進める。

稔が当時の部下から聞き取った話として、『タケダ』が率いた部隊がいつどこにいて何をしていたのか具体的に記されていた。さらに『タケダ』の人となりも、エピソードとともに記されている。

——逮捕が間違いだった可能性は、……あるかもしれない。

それを読み進めながら、ハラダまでもが思った。

敗戦が決まった直後から、日本政府や軍の機関は、戦争犯罪の証拠となりそうな書類やものを片っ端から焼却処分した。それが事実を解明するのに大きな障害となり、少数の目撃談しか証言がないケースも数多くある。

『タケダ』の場合もそうだった。

証拠となったのは葬られた米兵パイロットの墓であり、虐殺を受けた痕跡を残す遺骨だ。

それをどの隊が行ったかについて具体的に証言できたのは、松井参謀だけだった。

松井の証言が採用され、『タケダ』は戦犯としてリストに名を連ねることとなった。

だが、稔が集めてきた証言によると、隊はその近くにはいたものの、米軍のパイロットを捕虜として捕らえたという事実はないとされていた。近くには別の隊も駐屯しており、その隊の名もわかるかぎり記されている。

ハラダはその事件を、あらためて調べ直すことを決意した。

ハラダが日本に来たのは、弟を虐殺した日本兵に復讐するためだ。その男を潜伏場所から引きずりだして、法の裁きを受けさせたかった。

だからこそ、弟を虐殺した部隊の命令者だった『タケダ』をがむしゃらに追い求め、新橋の闇市に潜んでいるところを引きずりだして逮捕させた。だが、弟を殺したのが『タケダ』だという情報が、根本から間違っていた可能性も出てきた。

自分が余計なことに手を出していることはわかっていた。

――何せ、命令されてもいないことだ。

BC級軍事裁判は法務局に一任されている。勝手に他の部局のテリトリーに介入して調べたあげく、法務局が出した逮捕状に反する内容を提出したら軋みが生まれる。

――だが、放っておけない。

正義に反する。稔が命がけで調べ上げたことでもあったし、何より弟の死の真相を知りたい。誰でもいいから、報復したいのではない。相手は弟を嬲り殺した殺人でなければならない。

稔という人間を知らなかったら、全ては『タケダ』の減刑を望むためのでっち上げとして却下していたかもしれない。だが、稔はそんな人間ではないことを、ハラダはよく知っていた。

書類に長い時間視線を落としていたハラダは、法務局のスタッフを無視して顔を上げた。

「なるほど。……これを、どうしても最高司令官に渡したかったということだな」

「はい。……どうにかして渡していただけないでしょうか」

稔の懸命な願いに、ハラダはうなずいた。

「だったら、まずはこれを翻訳しなくてはな」

ハラダは立ち会っている法務局のスタッフに、これを英訳すると伝えた。

最高司令官には、直訴に目を通す義務はない。日本の国政に関する直訴があったときには、このような書面は日本政府を通じて出し直せと突き返した過去もある。

だが、これはＧＨＱが行う裁判に関しての直訴だった。

『そこまでする必要は――』

ないと言いかけた法務局のスタッフに、ハラダは重ねて伝えた。

『明日までに、これを翻訳する。あらためて、最高司令官の目にとまるように働きかけてくれ。日本の少年の、命がけの真摯《しんし》な訴えだ。同じものを、部局宛《あて》にも提出して欲しい』

『それは……』

『頼む』

ハラダは強い口調で訴えた。

裁判のための優秀な通訳や、日本語を読解できるスタッフは常に不足していた。そのスタッフの確保に尽力しているＣＩＳ将校を無碍《むげ》に扱うことはできないはずだ。彼もそう考えたらしく、うなずいた。

許可を得て、ハラダは立ち上がった。

『では、彼を釈放する』

稔をまずは居心地がいい住まいに移して、ゆっくり休ませてやりたい。ずっと日本中をさまよい、苦労してきたのだろう。温かな風呂に布団、おいしいものが必要だ。

——それに、まずは思う存分、抱きしめて。詫びて、思いを伝えて。

その考えに心が飛びそうだったが、水を差すように言われた。

『そうはいきません』

『何だと？』

『ハリソン少佐から、調べがすんだら彼を刑務所に入れろという連絡が入っています』

『刑務所だと？』

そんなところに稔を入れるなんて、考えられない。

戦犯が多く留置されている刑務所では私的暴行がはびこり、死亡したものもいると耳にしている。稔のような愛らしい顔立ちをしていたら、なおさら性的暴行の可能性がある。ハリソン少佐は、どうしてわざわざそんな連絡をしてきたのだろうか。何かやけに引っかかる。だが、自分より位が上であり、管轄も違うハリソン少佐の命令に、表だってハラダは逆らえない。

——だったら、どうする……？

ハラダは懸命に考えた。

どんな手でもいい。

命令違反をしてでも、稔を危険な場所には送りこみたくはない。

だが、即座に良い手立ては思い浮かばず、青ざめたハラダの前から稔は連れ出されていった。

死を覚悟した稔は、ぶるっと冷たい独房の中で震えて膝を抱えこんだ。この先、どんな運命が待っていようとも、従容として受け止めるつもりだった。

——元帥に直訴することしか、俺にできることはなかったから……。

勝が言う通り、かつての部下の誰に聞いても武田は立派な上官であって、捕虜虐待や虐殺をした事実などあるはずがないと言われた。

武田が無罪であるという証言を得た稔は、話を聞いてもらうためにＧＨＱの法務局を訪ねていた。最初は日本人の通訳を介して友好的な態度で話を聞いてくれたＧＨＱのスタッフだが、休憩の後でいきなり態度を一変させた。

もう話は聞いたと言われて事務所から追い立てられ、わけがわからずに翌日訪ねても、稔だとわかると相手にしてくれない。

どうしてだかわからずに日参することとなったが、顔を見ただけで閉め出されるようになった。

同じように法務局を訪ねて追いだされたという日本人と話をしたとき、直訴という方法があると教えてくれたのだ。

『だけど、直訴をすると死刑になるからね。昔から、直訴をした人間は死刑と決まってる。だけど、他に方法がないときには、直訴しかないんだよ……』

稔は焦っていた。

調査に時間をかけすぎている。早くＧＨＱにこの話を聞いてもらえなければ、武田に死刑の判決が下ってしまうかもしれない。そうなったら、稔の訴えは何の意味も持たなくなるだろう。

――だけど、自分が死刑になるのも怖い……。

考えただけでも身震いがした。

だが、自分は生きていてもあまり役に立たない人間だという自覚がある。武田のほうが勝を始め、多くの部下に慕われて、心配されている。

自分のせいでその武田が捕まったことを思えば、やはり直訴しか方法がないように思えてくる。旅の途中に何度も死にそうになったが、それでもどうにか助かってきたのは、直訴のためではなかったかと思えるようになった。

さんざん思い詰めたあげくに、稔は自分の生命を捨てる覚悟をしたのだ。

――だけど、ハラダさんにまた出会えるなんて思わなかった。

死ぬ前に、その姿を見られただけで嬉しい。ハラダが着せてくれたコートが、独房の中で稔の身体を温める。

直訴の内容がどこまで上に届くのかわからないが、自分ができる精一杯のことはした。あとは稔の手紙をハラダが英語に訳して、どうにか上に届けてくれることを祈るばかりだ。

何か大きなものをやりきったような充実感があった。それでも、気を緩めたら身体が震えだしてしまいそうだった。

――死ぬのは、……怖い。

どんなふうに死刑になるのだろうか。いつごろなのか。死を覚悟していたつもりだったが、それでも処刑方法を想像しただけで、恐怖に身がすくむ。

戦時中は、無数の遺体を見てきた。さっきまで笑っていた人が、いきなりの機銃掃射で死んでしまったこともある。生と死は紙一重で、身近だったからこそ余計に怖い。自分が動かないものになることが。

その恐怖から逃れるためにも、ハラダのことばかり考えてしまう。

――もう一度会いたい。……抱きしめられたい。

くるまったコートが、稔に温もりを与える。ハラダに抱きしめられているような錯覚に陥る。

ハラダは稔を利用しただけで、愛着など持ってはいない。そのことはわかっているはずなのに、さきほどの事情聴取のときに自分に向けてきた眼差しは、柔らかかった。

――それに、優しかった。

コートをかけてくれたし、稔の訴えに耳を傾けて、出来るかぎりのことをすると約束してくれた。

――あれは、罪滅ぼし？　それとも……。

思い出すだけで、鼓動が乱れる。

落ち着いていようと思うのに、ハラダのことを思うだけで、鼓動が乱れ打つ。死にたくないのは、ハラダへの未練が断ち切れずにいるからなのかもしれない。顔を合わせたばかりなのにもう一度会いたくて、じんわりと涙も湧く。

ハラダのことをもっと思い出そうと目を閉じたそのとき、押し殺した声が響いた。

「出るぞ。これを着ろ」

視線を上げると、鉄格子の向こうにハラダがいた。いったい何が起きているのか、稔にはわからなかった。

持っていた鍵《かぎ》で稔のいる独房に入ってきたハラダは、持参した軍の外套《がいとう》をコートの上からさらに着るように指図して、目深に軍帽をかぶせてくる。

「何ですか、これ……っ」

「言った通りにしろ。ここから、おまえを逃がす」

切迫した声の響きに、それはハラダにとっても危険なことかもしれないと本能的に感じ取った。自分のためにハラダを危険に追いこみたくなくて、稔は言っていた。

「俺なら、……いいですから」

「良くない。逃がしたいんだ、おまえを。……危険な刑務所に入れておきたくない。何が何でも、安全なところに逃がす。……そうしなければ、気が済まない。だから、従ってくれ。頼むから」

そう言い切ったハラダの思い詰めた目を見たとき、心にずっとあった枷《かせ》のようなものが弾け飛んだ。

ハラダには利用されていただけだと思っていた。なのに、こんなふうにされると、息が詰まりそうな思いがこみあげてくる。

――俺なんていいんです。死んでも。

そう言おうとするのに、ハラダが助けてくれるという感動に声が出なかった。

涙が滲みそうなのを必死で抑えようとしていると、その涙に気づいたハラダが稔をがむしゃらに抱きしめてきた。

「……っ」

こめられた力は強すぎて、稔の顔は胸元に押しつけられたまま、身動きもままならなくなる。

密着したハラダの逞しい全身の感触を実感した途端、涙が止まらなくなった。死を前に、とんでもなく自分が緊張していたことがわかる。

隙間もないぐらいに稔を強く抱き寄せるハラダの身体も小刻みに震えているのに気づいたとき、もしかしたら泣きだしそうになっているのは自分だけではないのかもしれないと思った。その途端、こらえていた思いが、一気に堰《せき》を切ってあふれ出しそうになる。

嗚咽《おえつ》を押し殺していると、稔の身体を名残惜しそうに離してハラダが言った。

「行こう。……一緒に来てくれ。頼むから」

うめくような声だった。

自分を逃がすことで、ハラダを危険な立場に追いやる可能性がある。何より自分は死刑囚だ。すがりつきたい気持ちは強かったが、ハラダに罪を負わせたくなかった。

「ですが、俺は死刑ですから」

「死刑？　何で……？」

「何でって、……直訴したらそうなるって」

そうではないのだろうか。

ハラダの驚いた表情に出会って、稔はとまどった。涙を拭《ぬぐ》って、尋ねてみる。

「違うんですか？」

「元帥に直訴しただけで死刑なんて、聞いたことがない」

くすっと笑ってハラダは稔の泣き顔を軍帽で隠し、外套の前を合わせてきた。

「かつての日本の風習と勘違いしてるんじゃないのか。死刑になんかならないが、刑務所は危険だ。このまま、……黙って俺についてこい」

——死刑じゃ……ないんだ。

ハラダから聞かされた言葉が、稔の心を軽くした。

だとしたら、ハラダについていっても、さしたる咎《とが》を負わせずにすむのだろうか。

ハラダと会ったことで、未練が生まれていた。

ハラダともう少し一緒にいたい。抱き合いたい。さきほど味わった抱擁が、稔に生きることを選ばせる。いろいろな思いが暴走して、止められない。

廊下に出るのは怖くてたまらなかったが、何かあったらハラダをかばって飛び出すつもりで、稔は全身を緊張させた。

ハラダは周囲を見回してから、廊下に出て足早に通路を進んだ。稔も遅れないように、その後をついていく。

何人もの人とすれ違ったが、ハラダが一緒だったからか、特にとがめられることなく外に出ることができた。

刑務所から少し離れた路上にジープが止まっていて、ハラダはそれに飛び乗った。稔は助手席に引っ張り上げられる。

「行くぞ……っ」

エンジンをかけるなり、ジープは発車した。

刑務所から離れるにつれて、ハラダが全身にまとっていたピリピリとした気配が消えていく。ようやく安全圏に入ったらしいことを察して、稔は尋ねてみた。

「どこに行くんですか？」

まだ疑問で一杯だった。どうしてハラダが自分を助けてくれたのか、何をしようとしているのかからない。

目が合うと、ハラダはすうっと目を細めた。

「隠れ家だ。……そこで落ち着いて話をしよう。まずは詫びたい。俺がしたことを」

——詫びる……？

自分を利用したことを詫びるというのだろうか。

——何も、詫びることなんて。

誤解して、恋してのぼせ上がったのは稔の責任だ。ハラダは稔に優しくしてくれたに過ぎない。だけど、ハラダがそんなふうに言ってくれたのが嬉しくて、張り詰めた気持ちがすうっと緩んだ。

胸が痺れ、目頭が熱くなる。瞬きとともに、涙が頬にこぼれ落ちた。

「詫びる……こと……なんて……」

——これは、……夢……？

さすらっている間、何度もハラダと再会する夢を見た。ハラダは稔を利用したことを詫び、抱きしめてくれた。

――まるで、本当に夢みたい。

これは現実だとわかっているのに、あまりにも自分に都合良すぎて、夢との区別がつかない。昨夜は直訴する恐怖に、震えて凍えて眠れずにいたはずだ。

ジープの揺れを感じながら、稔は横にいるハラダの存在を何度も確かめずにはいられなかった。


焼け野原にバラックが建ち並んだ都内をジープで進むにつれて、次第に畑が多くなった。

空襲の被害を受けていない昔ながらの街並みに入ったところで、ジープは通りを左折した。

しばらく走った川沿いの住宅の前で、ハラダは車を停める。

「ここだ」

稔を道に下ろしてから、ハラダは上手にバックして、大きな車庫にジープを入れた。それから、稔を目の前の木造二階建ての住宅に案内する。

稔はハラダに続いて門をくぐり、正面の引き戸を抜けて、玄関に上がりこんだ。

古くはあったが、土間は綺麗に掃き清められ、乾いた畳の匂いがした。手入れは行き届いているらしい。

――ここが、隠れ家……？

室内は薄暗かったが、雨戸を開けると川沿いの木立を吹き抜けてくる風が心地よい。床の間には野の花が飾られていた。

ハラダとともに、家を見て回る。その最中に言われた。

「ここで、しばらく生活するといい」

「ここで、……一人でですか？」

他に誰の姿もない。他の家とは少し離れているらしく、とても静かだ。

ハラダには仕事があるとわかっていても、見ず知らずの場所にたった一人で放り出される心細さがこみ上げてくる。

まだ離れたくない思いとともに、稔はハラダを見つめた。

目がすぐそばで合った瞬間、稔の身体は強く引き寄せられていた。

「……っ」

ずっと我慢していた思いが爆発したとばかりにがむしゃらに抱きすくめられ、唇を塞がれる。

「は」

唇の圧力に口を開くと、ハラダの舌が入りこんできた。舌がからみ、動かされると、かつての感触が戻ってくる。身体の芯まで熱くなった。

こんなふうに、ハラダとまたキスできるなんて思ってもいなかった。

稔の心と身体に、めくるめく一夜の思い出が刻みこまれている。思い出すたびに胸に痛みをもたらす、たった一晩の甘美な記憶だ。あの契りの意味を、稔はずっと考え続けていた。

騙すだけなら、わざわざ抱く必要はなかったはずだ。なのにあの日、ハラダはアイスクリームを持参し、二人きりの場所に誘いこんで稔を抱いた。

――危険な場所から、離しておこうとするように。

そんなふうに思うのは、自分に都合よく考えすぎているだろうか。

利用されたとしか当初は思えずにいたが、隠されたハラダの意図が次第に理解できるようになってきた。どれだけ自分を愛しく思ってくれていたのかも。

任務との間で、ハラダは苦しんでいたのではないだろうか。そして今日は決まりを破ってまで稔を脱獄させ、守ってくれようとしている。

「っん、……っは……」

口の中で蠢く柔らかな舌はとらえどころがなく、自分の舌をどう動かしていいのかわからずにいた。だけど、舌が触れあうたびに目が眩みそうな熱が生まれる。呼吸することすら忘れて、稔もハラダの感触に溺《おぼ》れた。

ハラダとキスしているだけで頭が真っ白に灼きつき、膝が崩れそうになるほど身体から力が抜けていく。

「は……」

ようやくキスが終わってからも、唇からは甘いキスの感触が消えなかった。息を弾ませながら、稔は潤んだ目でハラダを見る。ずっと抱きしめていて欲しい。片時たりとも離れたくなかった。

会えずにいた月日を埋めるためにも、もっと話をしたいし、くっついていたい。

自分がいないとき、ハラダはどのように過ごしていたのだろうか。

それはハラダも一緒なのか、熱い目で稔を射すくめてきた。

「離れたくない」

「俺も……です」

答えると、後頭部をハラダの大きな手で包みこまれ、そっと撫でられた。

その手は稔の肩から、身体の輪郭をなぞっていく。

「痩せたな。……苦労したのか」

「いえ、そんな」

ハラダは心配そうな顔をしていた。

吹雪の中で歩き回り、行き倒れて死ぬかもしれないと思ったことが何度もあった。食べ物もお金も尽きて、これまでかと諦めそうになったこともある。

だが、今となれば全ては思い出だ。

稔を助け、寝るところを与えてくれたり、助けてくれた人々の温かさばかりが記憶に残っている。

「俺のなど、……苦労のうちに……入りません」

武田は冤罪を押しつけられて捕まり、今も牢屋《ろうや》にいる。武田の部下だった人たちは、心から武田の無事を願っていた。自分が集めた証言が役に立つのかどうか、気がかりでならない。

それに、この件にはハラダの血縁らしき捕虜の死が関わっていることもわかっていた。

――マーク・ハラダ。

姓が一緒なのは、偶然とは思えない。将校であるハラダが、自ら闇市を歩き回ってまで戦犯を捕まえようとしたのは、血縁の死が関わっていたからではないだろうか。

武田が犯人ではないとわかったらハラダの復讐心はどうなってしまうのだろうかと、そこも気になる。

だが、ハラダは言った。

「おまえが持ってきた書状の裏を、部下に取らせる。戦犯リストに武田の名が入ったのは、松井という元日本軍の参謀の証言によってだ。おまえの話が正しいとわかったら、武田を釈放させるために働きかける。だが、……おそらくこの件には、やっかいな相手が関わっている。多少の手間がかかる」

ハラダの表情に緊張が走る。どうしてなのかわからなくて、稔は問いかけた。

「やっかい……な？」

ハラダはうなずいた。

「ああ。武田が冤罪だった場合には、武田が犯人だと証言した松井参謀があやしいということになる。その松井参謀は、ＧＨＱ法務局のハリソン少佐という後ろ盾を持っている。この動きを知ったら、俺の調べを妨害しようとしてくるだろう」

「もしかして、俺がＧＨＱの法務局で訴えようとしても聞いてもらえなかったのは、その人のせいでしょうか」

直訴前の話をすると、ハラダは少し考えた後でうなずいた。

「その可能性が強いだろうな。――だからか。わざわざ、おまえを刑務所にぶちこめという命令があったのは」

その言葉に、稔はゴクリと息を呑んだ。

武田の冤罪はミスではなく、誰かが仕組んだことだという可能性が強まった。だが、その犯人が自分にまで害を及ぼそうとするとは思ってもいなかった。

稔の表情が強張ったのを見たのか、ハラダは安心させるように微笑んだ。

「大丈夫だ。おまえを危険な目に遭わせることはしない。真相は必ず突き止めるから、俺を信じて待っていてくれ。……もっとも、おまえに闇市でした仕打ちを思えば、俺を信じることなどできないかもしれないが」

ハラダの表情が、苦々しいものに変わる。だが、稔の目には、ハラダがひどく後悔しているのが伝わってきた。

「俺は、ハラダさんが危険な目に遭うことのほうが心配です。……どうして、……俺を脱獄させてまで、かくまってくださるのですか」

利用されていたとしても、ハラダとのことは甘い思い出と化していた。

だが、ハラダにとって自分は何なのだろうか。こんなふうに接されると、思い上がってしまいそうになる。

――利用された…だけじゃ……ない……？

刑務所から稔を連れ出したときの、ピリピリとした雰囲気を覚えている。稔が持参した書状についても精査し、その内容の裏が取れたら武田の釈放についても力を尽くしてくれると約束してくれた。

だけど、どうしてハラダはそこまでしてくれるのだろうか。

その答えが知りたくてたまらない稔に、ハラダは言った。

「まずは、詫びたい。闇市の件で、おまえを利用した。俺のことを許してくれるか」

「許すもなにも……」

もう、恨んではいない。利用されたことに気づかなかった自分が悪かっただけだ。

ハラダに楽になってもらいたくて、稔は思いをこめて告げた。

「いい思い出を下さいました」

「なんでおまえは……」

ハラダは信じられないという顔をした後に、絶句した。

言葉の代わりとでもいうように稔の肩を抱きしめて、強く腕に力をこめてくる。骨が軋むような抱擁に、ハラダが自分を恋しく思っていることが伝わってきた。

――嬉しい。

身動きできないようになりながら、じわりと稔の目に涙がにじむ。稔のほうからもおずおずと腕を伸ばして、逞しいハラダの背にそっと回してみた。

抱きしめ合うだけで胸がいっぱいだというのに、ハラダの身体の感触が疼きを呼び起こす。またキスしたくてたまらなくなった。それ以上のこともしたくなる。もう二度とないと思っていたのに、あれがまた現実となるだろうか。目も眩むほどの恥ずかしさと、熱が蘇ってくる。

何でもしたいのに、頭の片隅ではろくに風呂にも入ってない自分の身体の汚れが気になってならない。直訴にあたり、可能なかぎり水で身体を清めてきたが、それでは足りない気がした。

――だって、……前は、……いろんなところを……触ったり、舐めたり……。

思い出しただけで、耳まで熱くなる。

身じろぐと、ハラダが抱擁を解かずにささやいてきた。

「罪滅ぼしに、何でもしてやる。何か食べたいものとか、欲しいものがあるか」

ハラダが自分を喜ばせようとしてくれるのが嬉しい。一番欲しいのは、ハラダの愛だ。こうして、抱きしめてくれるのなら、他に何も要らない。

引け目を感じずに、ハラダに思う存分くっついていたい。そのためには、頭のてっぺんから足の先まで身を清めたかった。いい匂いになりたい。稔はその肩に遠慮がちに顔を擦りつけながら、ねだってみた。

「……お風呂に、入りたいです。……このあたりに銭湯、……ありますか？」

その答えに、ハラダは声を上げて笑った。

「日本人は、本当に風呂が好きだな。赴任したとき、上官が言ってたのは正しかった」

「上官は、……何て言ってたんですか？」

「とにかく、日本人は風呂が好きだと。だから、おまえを懐柔しようとしたとき、まずは風呂に入れることにした。汚れてない素顔が見たかったせいもあるが」

「え？」

思いがけない発言に、稔は驚いた。

最初に会ったときやその後、ハラダが時々風呂に入れてくれたのは、稔が汚かったからではなく、喜ばせようとしてくれたからなのだろうか。

そう思うと、じわじわと広がる嬉しさに自然と微笑みが浮かんでいた。

――そうか。……そう……なんだ。

「銭湯はどこにあるのか知らないが、ここにも風呂がついていたはずだ」

ハラダに案内されて、稔は土間に向かう。

そこには五右衛門《ごえもん》風呂が据えつけられていた。水が流れる部分だけ、土の上がコンクリートで固められており、タイルを貼って仕上げられていた。

ハラダがすぐにこの家が使えるようにと誰かに連絡をしてあったのか、風呂には新しい水が張られ、薪《まき》も割られて積み上げられている。後はただ炊きつければいいだけの状態に、準備がされていた。

新鮮な野菜や米も土間の端に積まれていたことに、稔は驚いた。

「この風呂は薪で焚《た》くのか？　おまえに、これは扱えるのか？」

心配そうにハラダに言われて、稔は笑った。

「できないと思いますか？」

「これは、日本の旧式の風呂だろ？　薪に火をつけて湯にするなんて大変だな」

「そうでもないですよ」

稔はハラダが見ている前で火をおこし、風呂を沸かしていく。何だかすごいことでもしているように見守られているのが、くすぐったかった。

そろそろ沸いたかもしれないと思って湯の温度を確かめていると、ハッとしたようにハラダが言った。

「ああ。……俺は、少し席を外そう」

「先に入られます？」

「いや。……いい。おまえはゆっくり風呂を楽しめ。俺はさきほどの和室にいる。用がすんだら、知らせてくれ」

そんなふうに言って、ハラダはぎこちなく出ていく。その耳が少し赤くなっていたように見えたのは、気のせいだろうか。

湯を汚さないようにまずは外で念入りに身体を洗ってから、首まで湯に浸かった。久しぶりの風呂は、ひどく気持ちがいい。ガチガチに強張っていた全身の筋肉が、ほぐれていく。あまりの極楽ぶりに、気が遠くなる。

それでも、ドキドキとワクワクが稔を落ち着かなくさせた。

――この後、……どうなるんだろう。

あかぎれした手で、稔は湯を掻き回す。荒れた生活で肌は荒れ、頬もガサガサだった。

こんな身体をハラダにさらすのかと思うと、不安になる。

――だけど、前のときも、ひどいものだったから……。

見かけに気を使うだけの余力は、ずっと稔にはなかった。

ＧＨＱに群がる美しい女性のことを思い起こすと、ハラダが自分を気をかけてくれるなんて奇跡のようだ。

昨日まで、自分は直訴による死を覚悟していたはずだった。震える膝を叱咤《しった》して飛び出したというのに、そこでハラダと再会し、その後でこんなふうに風呂でくつろいでいるなんて、夢のように思えてならない。

――もしかして、本当に夢なんじゃないかな。……俺は直訴に飛び出したときに銃殺されて、それからずっと夢を見てる。

そんなふうに思えるほど、全てに現実感がなかった。

風呂から出て、稔はまた隅々まで身体を洗う。上質な石鹸《せっけん》まで準備されていたからだ。垢を落とすと、また一皮剝けたような気分になった。

濡れた髪を十分に拭ってから、稔は準備されていた浴衣に着替えて、ハラダを探した。

――和室にいるって言ってたけど……。

だが、誰かと話しているような声が、二階から聞こえてきた。いつの間に、客が訪ねてきたのだろうか。

挨拶したほうがいいのだろうかと悩みながら階段を上がり、襖《ふすま》の前で膝をついて開けようとしたとき、潜めた声の響きに気づいた。

――密談をしているのかもしれない。

その可能性に気づいて、聞いてはいけないと引き返そうとしたとき、ハラダの声が届いた。

「そんなことを言っても、仕方がないだろう。無理にでも脱獄させなければ、どうなっていたかわからない。あの刑務所はひどいところだと聞いている」

「それにしても、やり方というものがあったはずです。あなたの仕業だとすぐにわかりそうでしたから、どうにかごまかしておきました。これでおそらく、誰の仕業かは当分わからないはずです。ですが、あなたがそこまでするほど、あの日本人の子供には価値があるものなのですか」

——え？

ハラダが自分を逃がしたことを、誰かにとがめられていることがわかる。

ハラダは答えなかった。知らない声の男はため息をついてハラダに何かを渡し、稔がいるのとは反対側の廊下を通って、階下に姿を消したようだ。

その男の気配が完全に消えてから、稔は襖を開けた。

ハラダが驚いたようにふり返る。その手には、紙のファイルが握られていた。彼が今、届けに来たのはこれのようだ。

「……お風呂、空きました」

どう言っていいのかわからなくて、そんな言葉を稔は口にする。ハラダはぎこちなくうなずいた。

「ああ。……腹は減ってないか？　にぎりめしが届いたが」

ハラダがいた部屋のちゃぶ台の上に、風呂敷包みが置かれていた。これも、先ほどの人が届けたのかもしれない。

にぎりめしの存在を聞いた途端、ものすごく空腹を覚えたが、それよりも先に稔には確かめておきたいことがあった。

「俺を、……無理して牢屋から連れ出してくれたって、本当ですか」

その言葉に、ハラダはかすかに眉間《みけん》に皺《しわ》を寄せた。だが、立ち聞きをとがめるような言葉を口にしなかった。

「もともと、全て俺のせいだ。俺がおまえを利用しなければ、あのように闇市を追いだされることもなく、証言を求めてさすらうこともなかった」

「だけど、そのおかげで、……武田さんが冤罪だとハッキリさせることができました。後はこれが、上に通じればいいのですが」

闇市のときからハラダが自分にしてくれたことの全てが、演技だったとは思えずにいる。愛しくて、大切な人だった。自分を無理して逃がしてくれたのは、その贖罪《しょくざい》のためだろうか。

だけど、ハラダが自分を逃がしたことの責めを負うぐらいなら、牢屋に戻ってもいい。

「俺は、……あなたをうらんではいません」

思いをこめて伝えると、ハラダは近づいてきて稔の姿をしげしげと眺めた。それから、少しホッとしたように表情をほころばせる。

「綺麗になったな。相変わらず、俺の好きな姿だ」

手を伸ばして引き寄せられ、とくんと鼓動が大きく鳴り響く。

「いい匂いがする」

そんなふうに言ってくれるから、風呂に入ってよかったと思う。ハラダが稔の肩に腕を回し、抱き寄せて頭のてっぺんに顔を埋めた。全身、すっぽりと包みこまれるようなその感触に、心臓が壊れそうなほど高鳴っていく。ドキドキするのに同時にひどく心地よくて、稔は全てをゆだねるために目を閉じた。

濡れた髪や頬をなぞるように触れてくる指の優しい動きに、目頭がツンとする。

「っ……！」

瞬きとともに、涙が頬を流れた。一度涙をあふれさせると、止まらなくなる。

——ど……してだろ……。

悲しいわけではない。むしろ、心地よい。だけど、涙を流してみて初めて、自分が限界近くまで気を張っていたことに気づかされた。

ハラダは腕を解いて稔の顔をのぞきこみ、涙を吸い取るように唇を寄せた。

「苦労させた。……俺のせいで」

「違います。俺のせいです。……っ、俺が、……バカだった……から」

ハラダは何も悪くない。

だけど、詫びてくれるのがひどく心に染みた。大切に思われているのだと実感できる。

もっと何か言おうとしたが、稔の唇はハラダに塞がれていた。

ハラダの舌は稔の口腔内に入ってきて、舌を求めるように動いた。それに気づいて、おずおずと舌をからめた途端、ぞくっとするほどの刺激が走った。

「っふ……っ、ぅ……っん……」

刺激の強さに逃げようとしても、かなわない。触れあったところから、身体が溶けてしまいそうになる。ずっと目は閉じたまま、開けられない。

前回、ハラダと身体を重ねたときの熱さを思い出していた。

その幸福感と、快感を再び味わえるのだろうか。

――ハラダさんのものになりたい。

身体を合わせるほど、相手との一体感を実感できることはない。

だけど、淫らなことをするんだと考えただけでやたらと全身が高揚して、小刻みに震えだしてしまう。望んでいるはずなのに、少し怖い。鼓動が乱れ打って収まらない。

ようやく唇が解放されたときには、稔は息も絶え絶えになっていた。まともに呼吸ができない。

「抱いても……いいか？」

ハラダに耳元でささやかれた。

そんな懇願を断る気は、最初からない。稔は真っ赤になりながらも、うなずいた。

だけど、前回見せてしまった自分の醜態を思い出しただけで、恥ずかしさに逃げ出したくなる。いたたまれない。今回もあんなふうに訳がわからなくなるだろうか。

布団を敷かれた部屋の中に連れていかれ、横たえられたときに、稔の緊張は最大限に高まった。

鍛えられた身体が上に重なるなり、緊張と恥ずかしさで震えが止まらなくなってくる。

どくどくとやかましすぎる鼓動に邪魔されて、何がどうなっているのかわからない。不安に薄く目を開いたとき、すぐそこにハラダの顔があった。熱い唇がまた重なってくる。

「ッン」

キスは受け止めることができたものの、すぐに苦しくなった。そんな稔を楽しげに見つめながら、ハラダは稔の浴衣の帯を解き、その下の痩せた身体を暴く。

肌を見られたことで、あらためてすくみ上がった稔の緊張をほぐすようにそっと髪を撫でながら、ハラダが聞きにくそうに聞いてきた。

「放浪中に、……乱暴されはしなかったか？」

そんなことが気になっていたのかと、稔はハッとする。見上げた目に、ハラダの不安そうな表情が映った。

何度か、身の危険を覚えたことは確かにあった。ハラダとの経験がなかったら、男である自分が性的に狙われているなんて気づくことなく、あっさり罠にはまっていただろう。だが、どうにか切り抜けてきた。

「だいじょうぶ……です。みんな、……親切にしてくださいました」

身体を売れと誘われたこともあったが、ハラダが愛してくれた身体を誰にも触れさせたくなかった。それくらいなら、舌を噛んで死ぬ。

誰かに触れられていたなら、背徳感を感じてこのように身を任せることなど不可能だったに違いない。

微笑むと、ハラダはホッとしたように表情をほころばせた。

「俺は……おまえを、いつでも甘く見すぎているのかもしれないな。か弱く思えて、心配しすぎてしまう。おまえが、……どこかでひどい目に遭っているんじゃないかと不安になって、夜中に跳ね起きたことが何度もある。どこかで寒さに震えて、腹を空《す》かせていると思うと落ち着かなくなって、部屋中を歩き回った」

その不安を吹き飛ばすように、あらためてハラダの唇が顔中に降ってくる。

頬や瞼や鼻梁《びりょう》にまで落ちてくるキスを受け止めているだけで、心臓の鼓動がおかしくなった。落ち着こうとしているのに、呼吸さえままならない。自分の身体が制御できない。

緊張しすぎているのがわかるから、精一杯力を抜こうとしてもうまくできない。何をされるのかわかっている分、初めてのときより怖いのかもしれない。

そんな稔の顔から首筋へ、ハラダの唇が移動していく。ハラダの手が何度も確かめるように稔の身体をなぞり、耳元でささやかれた。

「痩せたな」

ただでさえ魅力のない自分の身体が、痩せたことで余計に貧相になっているだろうか。不安になって、稔はハラダを見上げた。

だけど、ハラダの表情に浮かんでいるのは興ざめしたようなものではなく、むしろぞくりとするような艶を孕《はら》んだものだった。

「それでも、綺麗だ。愛しい」

浴衣の間から入りこんだ手で、少し骨が浮いた肋骨《ろっこつ》をなぞられた。その手が胸元まで移動していく。

乳首にハラダの手が軽く触れた途端、ぞくっと身がすくむほどの甘い感覚が広がった。

「……っ！」

それに驚いて身体を硬くすると、そこをまたハラダの指がなぞってくる。

「清楚《せいそ》な色をしたここ。また、……ここに触れられるとは」

浴衣の胸元を完全に暴かれ、胸の上にある乳首に、両方ともハラダの親指が乗せられた。軽く突起を下から上に弾かれてあえぐと、その小さな粒を集中的にくりくりと転がされる。

「っぁ……っ」

快楽に慣れていない身体に、濃厚に快感が流れこんできた。両方の乳首から身体の芯のほうまで、絶え間なく刺激が抜けては、また生まれる。

押しつぶされているだけで、声が上擦りそうになった。

「ここが好きだったよな」

どこを見ていいのかわからなくなって、稔はギュッと目を閉じた。そうするとなおさら、乳首を転がすハラダの指の動きを感じ取ってしまう。ハラダの指の下で、乳首はもっと触って欲しいとばかりに硬く突きだしていく。

「っは、……っは……」

たっぷり転がされた後で尖りきった乳首を二本の指で摘《つま》み上げられ、くりくりと左右につねられる。

前回、どうやってこれを乗り切ったのかわからないほど、甘ったるい刺激が次々と下肢を直撃する。足の先までうずうずして、稔の爪先が布団の上を泳いだ。

――前も、……こうだった……？

稔は自問する。

だけど、何が一緒で何が違うのかなんて、確認する余裕すらなかった。

稔のツンツンに尖った乳首に、ハラダが吸いついたからだ。

「ツン」

ジュッと甘く吸いあげられて、甘すぎる声が漏れる。反対側の乳首は指でくりくりと刺激され続け、摘んだり、引っ張られたりする動きが混じるから、二カ所の刺激が稔をますます追い詰めていく。

吸われるたびに、ズキンとした痺れが腰の奥まで響いた。頭の中まで熱くなって、稔はただ身悶《みもだ》えることしかできない。

乳首が神経の塊になったかのように、何をされても感じた。

「っは……っ」

ハラダの舌は柔らかく、器用に稔の乳首を転がしてくる。舌の熱さを感じるたびに腰が痺れ、太腿にまで痙攣が走る。

一度ハラダとして、だいたいのことはわかっているつもりだった。

だが、乳首を舐められているだけで、次の手順など思い出せなかった。

頬が赤く染まり、吐き出す息がひどく熱い。

ハラダに与えられる快感でとろけそうになりながらも涙目で見上げると、せがんでいると思われたのか、ハラダは乳首から顔を離さないまま、手を下肢に伸ばしてきた。

下帯の上からやんわりと握りこまれ、形を変えたものの固さに稔自身も驚く。ここまでなっているとは思わなかった。布越しに形をなぞられただけで、気が遠くなるほどの悦楽に腰が跳ね上がる。

「は！　……っ、ん、……っぁ、あ……」

こんなにも乱れたくないのに、刺激のつよさにどうしても耐えられない。

下帯を解かれて直接握りこまれると、ハラダの指の感触がより鮮明に伝わった。

ハラダの手の中でびくびくと脈打つそれが、ひどく生々しくて恥ずかしい。こんなにも感じているのを知られたくなくて腰を引こうとするのに、ハラダは許してくれない。むしろ稔の足を開かせ、太腿の間に自分の身体を割りこませてきた。

「可愛いよ。恥ずかしがらなくてもいいから。力を抜いて」

「っあ」

先端のぬるつく部分に指先を擦りつけるようにこね回されると、あまりの快感に頭の中まで真っ白になる。早くもイきそうになっていた。分泌された熱いものが指にからまり、余計に甘さが増幅される。

「っう、……っう、う……っ」

ペニスの裏筋をなぞるのに合わせて、乳首も甘く噛むようにして刺激されては、身体の反応が止められなくなる。

唇を噛んでのけぞる稔に、ハラダがささやいた。

「……声を殺さなくていい」

「……え……」

稔は涙で濡れた目を、ハラダに向けた。

「……感じてる姿を、素直に……俺に見せろ」

その言葉ともに、ペニスの裏筋を痛いぐらいにしごき上げられ、軽く乳首に歯を立てられながら引っ張られた。先端からあふれる蜜とともにペニスをしごき上げられていると、ハラダの手の動きに合わせて、自然と腰が揺れてしまいそうになる。

「んっ」

あっという間にイきそうになって歯を食いしばったとき、ハラダがガチガチになった稔のペニスから手を離した。息を乱す稔の前で膝立ちになり、自分のシャツとズボンを無言で脱ぎ捨てていく。

鍛えられた男らしい身体が、露《あら》わになった。

その身体つきにぼうっと見入っていると、稔は腰をつかまれて、うつぶせに布団に押さえこまれた。

——え？　何？

その背後に回りこんだハラダの手によって、稔は膝を立てさせられる。尻をハラダに突き出すような姿にされたとき、消え入りそうな声で稔は訴えた。

「……恥ずかしいんですが……」

ハラダの顔がどこにあるのかを考えただけで、顔が真っ赤に灼けてしまう。前回はこんなふうには、されなかったはずだ。

「そう？」

「何、……するんですか」

「何だと思う？」

その言葉とともに、足の付け根を両手でつかまれた。

「っう」

ハラダの顔がそこに埋められ、生温かな舌が双丘の狭間《はざま》をねっとりとなぞっていく。その慣れない感覚にぞわぞわと背筋が粟立ち、反射的に腰が前に逃げそうになったが、すかさず引き戻される。稔は布団についた両手を、きつく握りしめた。

――恥ずかしい……。怖い……。

ハラダがすることは何でも受け入れるつもりだったのに、そんなところを舐められることにどうしても生理的な嫌悪感があった。

濡れた舌がぐねぐねと後孔を嬲るのを、稔は懸命に耐えるしかない。

「は、……は、……っん……っ」

濡れた吐息を布団に吸いこませながら、稔は必死になって力を抜こうとする。だが、妙なところを蠢く舌の動きに、どうしても力がこもる。

「っ……あ！」

だが、長い時間をかけて、ハラダは丹念にそこを舐めとかしていく。

稔の身体がその感覚に慣れ、少し力が抜けたときに、尖らせた舌が括約筋《かつやくきん》を割り開いた。

「っぁ！」

その慣れない感触に、太腿が大きく震えた。舌は柔らかく入口を押し開いただけで、すぐに抜け落ちていく。痛みはなかったが、どうしても慣れることのできない不快感が尾てい骨のあたりに残った。

相手がハラダでなかったら、こんなことは到底耐えることができないだろう。

ほっと息を吐いたとき、舌が戻ってきた。ぐねぐねと、括約筋を出入りする舌の感触に、稔は翻弄されるしかない。

「っん、……っは、……っぁん」

おそらく、そんなに深くは入っていないはずだ。だが、括約筋を柔らかでつかみどころのないもので押し開かれては抜かれる感覚には、全く慣れない。だがそれに耐えているうち、鳥肌が立つような違和感とともに、ムズムズするような熱さが襞からわき上がっていた。

——何だ……これ……。

その新たな感覚に耐えきれずにぎゅっと強く腹筋に力をこめると、舌がぬるんと押し出された。

「……っ！」

その鮮烈な感覚に悶えていると、また中にぎゅっと舌が押しこまれてくる。

「ン」

舌で括約筋をねとねとに舐めねぶられる感触に、稔の腰が揺れた。嫌でしかないはずなのに、舌を押しこまれたところから痺れるような感触が粘膜に広がり、得体の知れない感覚に奥が疼いてくる。

——何、……これ……。

腰だけはハラダに支えられてどうにか掲げていたものの、投げ出されていた腕の間に、稔は顔を埋めた。

「っひ」

どんどんほつれていく柔らかな入口を穿《うが》って、次第に舌が深くまで入ってくる。

「ぁあっ、……っん……ッ」

押しこまれた舌がちゅくちゅくと出し入れを繰り返し、そのおぞましいような感覚に襞にぎゅっと力をこめた。そのたびに唾液までもが押し出される。

「っは、……っぁ、あ……っあ……っ」

ジンジンとペニスが熱さを増すにつれて、後孔の疼きも増した。奥のほうまで穿って欲しいようなむず痒さが、頭から離れなくなる。

さらに背後からペニスを柔らかく握りこまれ、感じる先端の蜜を乾いたてのひらに擦りつけられた瞬間、パンパンにふくれあがったものが弾けるように、稔は絶頂へと達していた。

「っん、……っぁ、ぁ、あぁあ、あ……！」

ペニスが大きく脈打ち、ハラダのてのひらに熱いものが吐き出される。

だが、息を整える間もなく、ハラダの指が絶頂感にひくつく襞の中に押しこまれた。

「っは、……っう……」

舌のように、とらえどころのない刺激ではない。ずっと太くてしっかりした感触で掻き回される。その硬い指がもたらす悦楽に、襞がジンと灼けた。

襞がひくりと指にからみつく刺激に誘発されて、また精液があふれた。

「っぁ、あ、……っぁ、あ……っ」

それ以上、中を刺激しないで欲しい。達したばかりの身体には、刺激が強すぎる。そう願っているのに、ハラダの指は抜けてくれない。力の入らない中をたっぷり掻き回されて、そのたびに脳天まで届くほどの痺れが、その場所から生み出される。

「っはっ、……ぁっ、あ……っ」

射精直後の身体は、敏感になりすぎていた。指で掻き回されただけで、ぞくんと全身がすくみ上がりそうなほど反応してしまう。柔らかさを確かめるように指で中をで開かれると、ハラダの大きなものの感触を思いだして、甘ったるい声が漏れた。

「入れて……いいか……？」

心を読み取られたような気がして、ビクンと身体が震える。

「待って……ください、……ッ、まだ……」

頭は先走っていたが、身体がそれに応じることができるかわからない。

「だけど、今じゃないと、痛い思いをさせるかもしれないから」

そんなふうに優しくささやかれると、納得してしまいそうになる。

今なら確かに力が入らない。自分だけではなく、早くハラダにも快感を覚えて欲しい一身で、稔はうなずいた。

「……でし、……たら……」

指が抜かれた部分に、熱くて硬いものが押しつけられてきた。それを欲しがっているような身体の反応に、稔は震えた。

ハラダの腕が背後から回されてきた。

「……こう……したかった、ずっと……」

その言葉とともに、強く抱きしめられる。胸元に回った指先が稔の硬く尖った乳首に触れ、戯れるようにそこを弾く。

そのたびに、舐め溶かされた熱い襞までもがひくひくと震えるようだった。

「いいか？」

念を押すように言われてうなずくと、あらためて腰を抱えこまれ、深呼吸したときにぐい、と先端が体内に突き立てられた。

「っぁあ！」

入口をいっぱいに押し広げながら、ハラダのものが入ってくる。必死で力を入れまいとしているのに、その大きさに括約筋が限界まで押し開かれると、張り裂けそうな痛みが広がって身体が強張ってしまう。前回、どうやってこれを受け入れたのかさえ、わからなくなっていた。

「っひっ、……ぁあ……っ」

何があっても耐えるつもりだったのに、途中で稔の声は悲鳴に変わる。それを感じ取ったのか、ハラダは闇雲に突き立ててくるのを止めて、乳首をツンと引っ張った。

「っふ」

その甘い刺激に力が抜けた瞬間、括約筋を先端がぐぐっと押し広げた。一番狭いところをどうにか通り抜けたようなのがわかる。ハラダは乳首を揉むようにしながら、稔の背に覆い被《かぶ》さるようにしてさらに深くまで押しこんできた。

「っぁ、……っふ、ぁ、ああ……っ」

角度を変えて潜りこもうとしてくるその感覚に、稔の身体にはどうしても力が入った。

圧迫感と存在感に、全身がガチガチにすくみ上がっていく。身じろぎさえままならず、呼吸のたびに入りこんだものの大きさを思い知らされた。

だが、ハラダは急ぐことなく、稔の身体に少しずつペニスを突き立てていく。

ぐっぐっと、自分の身体がその硬くて大きなものに串刺しにされていくのがわかった。

さらに止《とど》めをさすように大きく一突きされて、深い部分まで一杯に呑みこまされた。稔の顔は布団に沈み、口は開きっぱなしになっている。必死になって、力を抜くことしかできずにいた。

「入った、……奥まで」

ハラダはそこで動きを止める。

呼吸のたびに、ハラダの灼熱の硬いものが自分の中に埋めこまれているのがありありと伝わってきた。ただそこにあるだけで襞がジンジンと灼けて、身じろぐたびに引き裂かれそうな痛みが走る。

——痛い……。

だけど、動かさないならギリギリ耐えられる。

大きな楔に縫い止められて呼吸すら浅くなっていたが、ハラダはそんな稔の身体を気遣うように背後からまた抱きしめた。

その状態で両方の乳首を弄り、ジンジンと襞が疼くような快感に少し襞の締めつけが緩んだのを感じ取ってから、ゆっくりと動かし始める。

稔にとってはキツいほどの刺激が、そこから生み出された。

「っあ、……っう、……っぁあ……っ」

だけど、痛いだけではない。ハラダの凹凸のあるものが中を抉るたびに、そこから全身がざわつくような感覚も同時に広がっていく。

強烈な圧迫感の中で、その感覚を追い求めようと稔の感覚は限界まで研ぎ澄まされた。

とにかく痛みを消すために必死で力を抜こうとしているのだが、身体の内側を強烈に擦りあげるハラダのものは大きすぎる。最初のうちは、それで掻き回されるたびに、どうしても力が入った。

「ッン……っ」

深く突き上げられるたびに、へその奥のほうまで抉られる感覚に太腿まで痙攣する。

だが、その痛みに耐えているうちに、身体が開いていった。苦痛が薄らぐと不自然な力が入らないようになり、快感のほうが上回るようになる。

いつしか稔は、その悦楽に身をゆだねていた。

「っぁ、……ぁ、……ッン……っ」

体内の粘膜をその大きなものでこそげるように動かされるたびに、稔の身体から快感が滲み出す。

ハラダに抉られるたびに響く甘い声が、自分のものとは思えない。

大きなハラダのものは、稔の体内を余すところなく、圧倒的な存在感で擦り上げては抜けていった。

力強く腰を打ちつけられるたびに、稔はその甘い快感に声を漏らす。衝撃を逃しきれず、そのたびにとんでもない深い部分まで切っ先が突き刺さる。だが、襞を掻き回されるたびに感じるのは、苦痛ではなく濃厚な快感だった。ぐっと息が詰まるほどの衝撃に、腰が揺れそうになる。

そんな状態で、ひたすら突き上げられていると、自分の身体をハラダが満たしているという悦楽に、何もかもが吹き飛びそうだった。

恥ずかしいのに、気持ちが良い。ハラダの動きに合わされて揺らされていることしかできない。

「っは、……っぁ、あ、……っ」

体内で快感がふくれあがり、急速に絶頂へと向かっていくのがわかる。突き上げられるのに合わせてぎゅうっと襞がハラダのを締めつけ、そのたびに小さくイきそうになる。

もうこれ以上我慢するのは無理かもしれない、と思ったとき、ハラダが言った。

「……っ、稔……、……イクぞ」

うめくようなささやきを聞いて、稔はあえぎながらせがんだ。

「顔……っ」

「顔？」

「見せ……て、くだ……さ……い……」

ハラダの顔を見ながらイきたい。

その意図が伝わったのか、ハラダに身体を反転させられ、抱き合うような姿で大きなものを入れ直される。こちらを愛しげにのぞきこむハラダを見ることができたが、それは同時に自分の顔をさらすことになるのだと気づいたときには遅かった。

涙と涎で濡れきった顔を見られながら、大きなもので溶けきった襞をひどく擦り立てられた。後ろからとは抉られる位置も、感じ方も違っていたが、すでにどこを抉られても、ひどく感じてならない状態になっていた。

稔は大きく足を抱え上げられ、奥の感じる部分を集中的に強烈に責めたてられる。

「っは、……っぁ、……っぁああぁ……っ」

前立腺《ぜんりつせん》をまともに抉られ、動かされるたびに、目の前が発光するほどの快感に襲われた。

「ひ！　ぁ、……あ……！」

感じすぎて、太腿も下腹も震える。こんなに感じているのにイかなかったのは、逆に刺激が強すぎたからかもしれない。

そんな稔に止めをさすように、ハラダが深く大きな動きに変わった。

「っぁ……っ……！」

それに導かれて、稔は絶頂に達する。目の前が真っ白に染まった。

痙攣しながら精液を吐き出す稔の身体を強く抱きすくめながら、ハラダも熱い飛沫《しぶき》を注ぎこんだ。

――入って……くる……。ハラダ、……さんのが。

その熱さに灼かれて、稔はさらなる高みへと押し上げられ、びくびくと身体を跳ね上がらせた。

米が炊ける匂いが漂い、稔が使うリズミカルな包丁の音が聞こえてくる。味噌汁《みそしる》の香りも漂ってきた。

稔をこの隠れ家にかくまってから、一ヶ月ほどが経過していた。ハラダは週に一度は、この隠れ家に足を運んでいる。食材や日常生活に必要なものなどは別に人に頼んで運ばせていたが、ハラダ自身が稔に会わなければ収まらない。

殺伐としたハラダの心に、稔は安らぎを与えてくれる存在となっていた。乾ききった砂漠のような心が、稔に会うことによって潤う。

俗世とは少し隔たった、長閑《のどか》な暮らしがここにはあった。

夕方ごろにやってくると、稔は夕ご飯を作っている途中だった。ハラダを見ると、嬉しそうに微笑んで駆け寄ってきた。

「ご飯、食べていかれますか？」

ああ、とうなずくと、稔は楽しげに料理の続きに取りかかった。

食事が出来あがるのを、ハラダはじっと待っている。

障子を開け放して、くるくると働く稔を眺めずにはいられない。そんなふうに見られることに、稔は落ち着かないそぶりだったが、何だかひどく平和な感じがした。両親が日本にいたときには、こんなふうに暮らしていたのだろうか。

郷愁のようなものを感じて、ハラダはしばしぼんやりとする。稔といると、心が安まる。ずっとここで暮らしていたい。

――日本に帰化して、軍人も辞めて。

それが出来るだけの将来が、この国にはあるような気がした。開国して以来、凄まじい勢いで近代化を押し進めた国だ。

だけど、その前に片をつけなければならない問題があった。

刑務所から稔を逃がしたことが表沙汰《ざた》になる前に、武田に冤罪を着せた人物は誰なのか、その真犯人は誰なのか、解明しておかなければならない。

それはハラダにとっては、血のつながった弟を殺した真犯人を突き止めることでもあった。

残されていた資料と、当時の兵の証言を照らし合わせた結果、真犯人が浮かびあがっていた。武田隊の近くに駐屯していた隊の将校だ。すでに複数の証言が取れている。

――松井重道《しげみち》。

元歩兵大尉。偽りの証言をした松井参謀の、実の弟だ。ハラダが弟の敵を討ちたいと願ったように、くしくも彼らは兄弟間でかばい合い、このような隠蔽《いんぺい》工作を企《くわだ》てたのだろう。

しかも松井大尉は、このように捕虜を虐殺するのが問題であることを知っていた。だからこそ、敗戦のときにうち捨ててあった米兵捕虜の死体を掘り起こし、火葬して骨を墓に入れ、丁寧に埋葬したそぶりまで装った。

だが、それだけの処理では不十分で、弟の骨には虐殺の痕跡が刻みこまれていたのだ。

調べを進めるにつけ、弟の死に関する生々しい証言が明らかになっていた。聞くたびに怒りが蘇る。

松井大尉に罪の報復を受けさせなければ、もはやハラダは収まらない。

「もうじき、ご飯ですよ」

稔がやってきて、すっかり薄暗くなった部屋に明かりをつけ、ちゃぶ台を準備していく。すぐにでもその身体に手を伸ばして抱きすくめたい気分に駆られながらも、時間をかけて作ってくれたご飯を温かいうちに食べたくて、ハラダはその気持ちを抑えこんだ。

ハラダがやってくるたびに、稔はわざわざ米を炊き、心づくしのご馳走を作ってくれる。稔のために白米を調達してあるというのに、もったいなすぎてバチがあたると、普段は雑穀を混ぜた米を食べているようだ。

だが、ハラダが来るときだけは銀シャリにしているらしいから、炊きたての米をまずは稔に腹一杯食べさせてやりたかった。

そのときの表情を思い出しただけで、ハラダは愛しさで胸が詰まるような感覚に陥る。大切な相手を守り、腹一杯食べさせることに勝る幸福はない。基本的な幸せに立ち戻ったような気分になれる。

――気づかせてくれたのは、稔だ。

「何か、手伝うことはあるか？」

尋ねると、稔は柔らかく微笑んだ。

「いいえ、座っていてください」

ちゃぶ台の上に、稔が作った料理の皿が次々と運ばれてくる。今日の夕食のメインも、焼き魚らしい。

ハラダは箸の使い方があまり上手ではなかったが、稔に『ガイジン』だと思われないように、密かに練習していた。

何か手伝いたくて、醬油《しょうゆ》と箸を準備して運ぶと、稔はにっこりと笑ってくれた。ちゃぶ台に乗せられた夕餉《ゆうげ》の支度に、傘のついた電球。窓の外から聞こえるせせらぎの音。ずっと自分は、こんなものを追い求めていたような気がする。

——それと、ちゃぶ台の向こうにいる愛する人。

稔が腕によりをかけて作ってくれた夕食を前に、ハラダは両手を合わせた。

「いただきます」

この食事前の儀式は、実家でもやっていた。

宿舎での食事よりも、稔が作ってくれたご飯のほうが何十倍もおいしい。

今の日本では贅沢な白いご飯に、鰺《あじ》の干物。煮付けにされた野菜。油揚げと大根の味噌汁。

「——うまいな」

一つ一つのおいしさが身に染みる。稔がその向かいで、照れくさそうに微笑んだ。

「田舎料理ですけど。ハラダさんが食材を運んでくださるおかげです」

稔もとてもおいしそうに食べる。何より稔が好きなのは、炊きたての白米だ。

一口一口、よく嚙んでいるから、食事中はあまりしゃべらないが、目が合うたびににっこりと微笑んでくれるのが、ハラダには愛しくてならなかった。

この密やかな暮らしを続ける一方で調査は進み、明日にでも書類一式を整えて、法務局に押しかける手はずはついていた。すでに武田の審議も、さし止めてもらっている。

だが、稔が作ってくれたおいしい夕食を食べ終えたころ、ハラダはかすかな物音に気づいた。家の外を大勢の人々が、息を潜めて動き回っているような。

気のせいかと思ったが、確かめてみないわけにはいかない。ハラダは銃を引き寄せ、稔に動かないように指示してから、障子に近づいて、その隙間から外をうかがった。

視線をあちこちに飛ばすと、木々に隠れるようにして移動していく男の姿が見えた。

動いていくその姿を、目で追う。五人ほどの男が川沿いに集まっているのがシルエットでわかった。

彼らの身のこなしを見れば元軍人に違いない。背はあまり高くないし、体格を見れば、おそらく日本人だろう。

彼らがＧＨＱではなかったことに、まずは安堵《あんど》した。

稔を逃がしたことが露呈して、自分たちを逮捕しに来たのではないとわかったからだ。

――それについてはすっかり隠蔽できていると、部下からは聞いているが。

ハラダは稔に押し入れに入ってじっとしているように仕草で伝えてから、気配を殺して家から出た。

大回りしながら彼らに近づいていくにつれて、星明かりに照らし出された一団の中に、見覚えのある男の姿が含まれていることに気づく。ハラダはすうっと目を細めた。

――松井大尉だ。

内偵を進めている最中に、弟を殺した男がどんな男だか知りたくて、わざわざ顔を見に出かけたことがあった。

――……内偵されていることに気づいて、俺の口封じに来たのか。

法務局に日参した稔によって、武田の件を調べ直している者がいると、彼らに伝わっていたらしい。そして、武田の審議を止めさせたことによって、ハラダが関わっていることも知られたのだろう。

——だが、どうしてこの隠れ家まで。

細心の注意を払っていたつもりだったが、今日、尾行されていたのかもしれない。

稔に会えると思うと、気がそぞろになる。以前はそれなりに尾行を撒《ま》くために遠回りしていたのだが、今日は稔に会いたい気持ちが先行しすぎた。部下から稔を逃したことは上手に隠蔽できたと聞いていたことも、このような油断につながっていた。

ハラダはさらに彼らをうかがう。

松井がここに来ているのだとしたら、張りつかせておいた部下も一緒に来ていることにならないだろうか。

そう思ってさらに遠くに視線を飛ばすと、松井に気づかれない位置から包囲していた部下たちの姿に気づいた。

——助かった。

自分一人ならばこのまま見つからずに逃げ切ることも可能だが、稔がいる。もしものことがあってはならない。加勢は何よりありがたい。

ハラダが合図を送ると、ホッとしたように部下が合図を送り返してきた。ハラダにこの事態をどう知らせようと、やきもきしていたのだろう。

ハラダは家にいる稔が巻きこまれることがないように、松井を挟み撃ちできる位置に部下を誘導した。それから、松井たちの背後に回りこんでいく。

近づくと、この家のどこから入りこもうかと相談している男たちの会話が聞こえてきた。ハラダはタイミングを見計らって真後ろに姿を現し、松井の首を腕で締め上げた。同時に、その頭に銃を突きつける。

「……きさま……っ！」

うめいた松井の耳元で、ハラダは言った。

「俺に、何か用か？」

「きっさま……っ！　ハラダか……！」

松井はもがく。日本人にしては、かなり体格のいい男だ。

ハラダの弟を含む米軍捕虜虐殺以外にも、松井は捕虜を劣悪な生活環境に置いたり、占領区域の人々に厳しい強制労働を強いるなどしていたという余罪が、次々と明らかになりつつある。ここでB級戦犯として捕らえられたら、死刑は確実だという自覚が本人にもあるのだろう。

「――弟の顔を覚えているか？」

締めつける腕を緩めないまま、ハラダは質問を叩きつけた。

他の四人が下手な動きをしないように、目で牽制《けんせい》することも忘れない。

兄思いの可愛い弟だった。どこに行くときも、兄の後をついてきた。

軍人などに向かない心優しいタイプだったが、命がけで国への忠誠心を表さなければならない状況に自分たちは置かれていた。

松井はこの状況でもどうにか逃れられると高をくくっているのだろう。ハラダを小馬鹿《こばか》にしたように、鼻を鳴らした。

「日本人の血が流れているくせに、敵国に協力するから、あんな目に遭う」

そのような理屈で、弟が嬲り殺された光景が脳裏に浮かんだ。いかにもアメリカ兵という外見をしていた他の捕虜より、弟は残虐に殺されたのだと聞いた。

弟の顔を思い出しただけで、全身の血が熱く煮えたぎる。その思いに駆られたまま、ハラダは銃口を松井の頭に強く押しつけた。

「――裁判の席でも、そのように正当化するつもりか？　死体を掘り出して埋葬し直したり、別の将校に罪を擦《なす》りつけたり、見苦しくあがいていたようだが」

このまま殺してやりたかった。

撃鉄に力がこもりそうになる。だが、その一瞬に浮かんだのは、弟ではなく、稔の柔らかな微笑みだった。

――稔……！

ここで松井を殺したら、ハラダは罪人として裁かれることになりかねない。そうしたら稔と引き離され、食糧を運ぶことも、守ることもできなくなる。

――それはダメだ……！

復讐心よりも、稔への愛しさが勝る。

その一瞬のハラダの躊躇を見逃さず、松井の身体に力がこもった。

「――っ！」

銃を叩き落とされる。そのことに、ハラダは愕然とした。

「おまえさえ消してしまえば、全てはまた闇に葬ることができる」

その言葉とともに松井は銃を抜き、ハラダに銃口を突きつけた。

殺されそうになったとき、またしてもハラダの頭に浮かんだのは稔の顔だった。

――ダメだ……！

まだ死ぬわけにはいかない。稔を一人きりで残してはならない。そう思った瞬間、ハラダは松井が反応できないぐらいのスピードで、その手から銃を蹴《け》り落としていた。

続けて松井の顎を殴りつけ、その身体を楯《たて》にして他の男からの銃撃を避けようとしたそのときに、ハラダの部下たちが一斉に姿を現す。

「ホールドアップ……！」

するどい英語での叫びが、夜を引き裂く。

多勢に無勢だと悟った松井の仲間たちは、忌々しそうに両手を大きく掲げた。


松井を逮捕したことにより、事態は大きく動いた。

ハラダはずっと温めていた調査結果を、法務局に叩きつけた。

勝手な調査をしたことでおとがめがあるかと心配だったが、直訴の写しを目にした上層部から、公正な態度を取るようにとのお達しが出たそうだ。それが大きな影響を及ぼし、松井参謀の後ろ盾になっていたハリソン少佐もあまり動けなかったらしい。

――稔に、助けられたな。

稔のあの誠実な直訴の手紙が、大きな力となった。そして、怒りのままに松井大尉を殺そうとしていたハラダを押しとどめた。

調べが進むにつれて、武田は冤罪だということが正式に確定した。

刑務所から武田が釈放される日、その場にハラダも稔とともに足を運んだ。

ハラダから知らせを受けた勝や、新橋の闇市の人々もやってきていた。刑務所の門の前で釈放された武田と顔を合わせるなり、勝は抱きついて男泣きに泣き出す。証言してくれた元部下も、武田が釈放されるとの知らせを受けて、故郷から上京してきていた。

――人望がある人だったんだな。

ハラダはそれを眺めながら、思う。

感動の再会がすんだ後で、勝は近くにたたずんでいたハラダと稔に近づいてきた。

「悪かったな。……あんたらには手間をかけさせた。だけど、ありがとう」

どこかぶっきらぼうなつぶやきだった。

だが、勝にしたら、これが精一杯の礼なのだろう。ハラダはチラリと横の稔を眺める。稔は自分を闇市から追いだした勝を全く恨んではいないらしく、良かったとでも言うように何度も小さくうなずいていた。涙で目を潤ませている。

勝が武田を取り巻いた闇市の人々と帰っていくのを見送ってから、ハラダは稔に声をかけた。

「だったら、俺たちも行くか」

今日隠れ家から引っ越すから、荷物をまとめておくようにと稔に言ってあった。どこに行くのかは言っていない。

武田の件が片づいたことで稔が闇市に戻ると言い出さないか、ハラダにとっては気がかりだった。自分と一緒に来て欲しいが、稔の希望を事前に潰《つぶ》すようなことはしたくない。稔が闇市に戻りたいと言うのなら、その希望を優先すべきだ。

そんな思いがあって、闇市の人々との再会が終わるまで切り出せなかったのだ。

だが、意外なほどあっさり終わった稔と勝との再会に、ハラダは拍子抜けしていた。

勝は稔とハラダとの関係を知っていて、配慮してくれたのだろうか。だとしても、稔が戻ると言い出さなかったのは、自分と一緒にいたいと願っているからか。

ホッとして上機嫌になりながらも、ハラダは稔を案内して、ここに来たときとは違うジープに乗る。

助手席に引っ張り上げると、稔は座席にあった原色の派手《はで》なスカーフに気づいて拾い上げた。

「これは……」

「ああ。このジープを使った兵が乗せた女の、忘れものだろうな」

スカーフがそこにあるだけで、濃厚な香水の匂いが漂う。

このスカーフが稔の美しい細面に似合いそうな気がして、ハラダはジープを出す前に言ってみた。

「かけておけ。埃《ほこり》よけになる」

「そんな実用的な意味もあったんですね」

どう巻くのかと稔がとまどっていたので、ハラダは助手席のほうに乗り出して、代わりにスカーフをその頭に巻いてやった。

原色のスカーフは、稔の清楚で可憐《かれん》な顔立ちに意外にもよく似合った。思わずハラダは見とれてしまう。

「すごく似合うな」

「似合いますか」

「ああ。今度、新品をプレゼントしたくなる」

スカーフをプレゼントするなんて考えてもいなかったが、これはいい。愛らしくて目が離せなくなるほどだ。

車を走らせて路上に出てから、ハラダは思いついて言ってみた。

「どうせなら、もっと色っぽくこちらのほうにしなだれかかってくるのはどうだ？」

無理なリクエストに思えたのか、稔は絶句した。

「でも……っ」

「大丈夫。スカーフで顔は見えないから」

「……ですが……っ」

「男だってことも、わからないはずだから」

言うだけでは収まらず、ハラダは片手で運転しながら稔の腰に腕を伸ばし、ぐいと自分のほうに引き寄せてみる。抵抗されるかと思いきや、稔はぎこちなく身体の力を抜いて、少しだけハラダにくっついてきた。

そんな遠慮がちの仕草が可愛い。身体の一部が触れているだけで、不思議なほど落ち着く。この先、ずっと離れたくないと願うほどに。

——俺の、……分身。

昔からの馴染みのように、稔はハラダにとって欠かせないものとなっていた。大切にしたい。自分の持てる力の全てで、幸せにしてやりたい。

だけど、ふとのぞきこんだとき、稔が遠くをぼんやりとみていたのに気づいて、ハラダは運転しながら問いかけた。

「何を……考えてる？」

「……事件が片付いて、ハラダさんは弟の敵討ちをすませました。この先、……どうなるのかと」

もしかして、ハラダが帰国すると心配しているのだろうか。

気になって横をチラリと見ると、稔はスカーフに顔を半分隠しながらも、涙ぐんでいるようだった。

そんなふうに寂しがってくれているのがわかった途端、すぐにでも安心させてやりたいと願いながらも、あと少しだけこの特権を味わってみたくなる。

どれだけ稔が、自分のことを好きでいてくれるのか、知りたくてならない。

「だったら、アメリカに来るか？」

英語がしゃべれない稔がアメリカに来るよりも、自分がこのまま日本に留《とど》まっていたほうが容易い。そのことを十分知りながらも、稔にどこまで思われているのか、この機会に知っておきたかった。アメリカまで追ってきたいと思うほど、離れ難く思ってくれているだろうか。

「……そんな、……意地悪を……っ」

稔の声が湿っぽくなる。

見下ろすと、じわりと涙ぐんでいるのが見えた。

「どうする？　俺がいなくなったら、他に探すか？」

言った途端、太腿を稔につねられて、ハラダは飛び上がった。

「っう！」

――忘れてた。

稔はおとなしいだけではない。内に秘めた芯があるのだ。

「……ずっと日本で待ってます。二度とあなたが……来ないとしても」

きっぱりと言われた。

日本からは離れない。だけど、ハラダのことは忘れない。

そう伝えられたことで、ハラダの心も定まった。

ハラダのジープはもう少し走って、目的地で停車した。

「ここだ」

その前にあるのは、真新しい平屋の木造住宅だ。

前の住居も静かで良かったが、日比谷に近いこの場所のほうが、ハラダの通勤にずっと楽になる。ここなら、毎日行き来できる。

周囲にも真新しい住宅が造られ始めていた。

ハラダは稔をつれて、門の正面に回りこむ。建物の周囲には真新しい生け垣が張り巡らされていた。

「ここは……」

ピンと来ないのか、首を傾《かし》げる稔に、ハラダは甘くささやいた。

「中を見てみないか。俺も、ここに来るのは初めてなんだ」

持参した鍵を渡して、稔に玄関のドアを開けてもらうように頼んだ。

「俺が開けていいんですか」

「ああ、もちろん。これから、一緒にここに住むことになるんだから」

プロポーズのつもりで、ハラダはさりげなく告げてみる。だが、内心ではどんな反応をされるのか、ドキドキだった。

日本で一生を添い遂げたいと思う、大切な相手だ。両親の件で何度かアメリカに帰国はするだろうが、稔とこの先、一緒に生きていきたい。

だが、その思いを稔も共有してくれるだろうか。

息をつめるようにしてハラダは返事を待っていたというのに、稔は何も答えずに、玄関の鍵を開いた。

――あれ？

こんなとき、ポーカーフェイスの日本人は少し困る。稔がどんなことを考えているのか、その無表情から読み取ることができない。

だが、目の前でドアが開いたので、ハラダは稔に続いてコンクリートの土間に踏みこむ。木の匂いと真新しい畳の匂いが鼻をついた。玄関の先には、廊下が伸びている。

上がるのをためらっているらしい稔に、ハラダは重ねて言ってみた。

「日本風のが過ごしやすいかと思って、このタイプを選んでみた。俺用の官舎として」

「官舎……」

「ここに、一緒に住まないか」

言葉を換えて、再びプロポーズだ。

稔はハラダに顔を向けて、ただ目を見開いて固まっていた。

その態度に、ハラダは心配になった。

愛されていると思っていた。ずっと一緒にいてくれるはずだと考えていたのは、自分の独り相撲なのだろうか。何らかの誤解があったのだろうか。

それでもここでへこたれることなく、懇願しないわけにはいかない。稔なしでは、日本での生活は灰色になってしまう。ハラダは帽子を外して脇に抱えこんだ。

コンクリートの玄関で稔の正面に回りこみ、片手を取って心をこめて告げてみた。

「……隠れ家で、稔と顔を合わせるたびに、心の安らぎを覚えた。よければ、……ずっと、俺と一緒にいてくれないか」

闇市で武田を捕まえた夜、稔を囲うことを提案して、冷ややかに拒まれたことが脳裏をよぎる。

――ひどく傲慢《ごうまん》だった。

あんな態度では、拒まれても無理はない。

あのときの自分を思い出しただけで、恥ずかしさにいたたまれなくなる。

だけど、稔の目には今の自分もさして違うように見えないのだとしたら。

ハラダは懸命に、稔の表情をうかがう。

了解の答えが得られるに違いないと、心のどこかでは確信しているはずなのに、ひどく胸が騒いだ。

まだ稔の呆然とした表情は変わっておらず、視線が合うと尋ねられた。

「いい……ん……ですか」

――え？

返事がなかったのは、驚いていただけなのだろうか。

焦って、ハラダは立ち上がりながらたたみかけた。

「いいよ。もちろんだ。……もちろん、いいに決まってる……っ」

「帰国する……まで、ですか？」

その言葉に、ハラダはとまどう。

稔は自分の求愛が、そんな短いものだと思っているのだろうか。

一生のつもりだったハラダは、思わず声を荒げて言った。

「違う。……まだ帰国の予定など、立ててはいない。帰国するときには、必ずおまえをつれていく。

いや、帰国することなど考えてはいない。おまえと、この日本にいたい。ずっと」

そう口走ったが、ハラダは続く言葉を飲みこんだ。自分だけがひどく先走っているように思えたからだ。

それでもろくに引けず、ハラダは両手で稔の肩を包みこみながら尋ねてみる。

「一緒にいてくれるか？」

稔は言葉もなく、うなずいた。その一瞬後に、稔の表情が大きく崩れる。

「……あり……がとうございます……」

泣きそうになっているのを察したので、ハラダは両手で抱きしめる。だが、泣くのを止めることはできず、胸に抱いた身体から押し殺した嗚咽が聞こえてくる。

そんな稔が落ち着くまで、ハラダはずっと愛しい身体を離さなかった。

住む場所もなく、家族ともはぐれて一人で日本に放り出された稔は、今までずっと心細かったのだろう。

そんな稔が、安心して安らげる場所となりたい。

より稔を安心させることができる材料を、ハラダは隠し持っていた。

「来月、……また引揚船がつくそうだ」

稔を抱きしめながら、ハラダはその耳元でささやく。

それだけではなく、引揚船の乗客者名簿まで入手していた。そこには、稔の両親だと思われる人物の名が記されていた。

ハラダが現地に問い合わせ、あらゆるツテを使って乗せたのだ。

――元気だって……聞いた。だけど、確実じゃない。

現地はひどく混乱している。

ぬか喜びさせないように、ハラダは泣きじゃくる稔を愛しげに抱きしめながら、続けた。

「また、……上野に、探しに行こうな。……見つかるまで、ずっと」

稔の力になりたい。

稔がハラダに限りない力をくれる。誰かを守る力を。憎しみあうのではなく、愛おしむことによって、新たな力が生み出される。

これからは、稔とともに人生を歩みたい。だが、ハラダには少しだけ心配なことがあった。

――息子さんを俺にください、なんて言ったら、稔の両親は許してくれるのか？

どうにか許してもらえるように、力のかぎりゴマを擦っておかなければならないだろう。

すでに戦いは、乗船前から始まっていた。上野での出迎えも、丁重にしなければならないはずだ。

いっそ、舞鶴まで出迎えに行ってもいい。

――だけど、今は稔との特別なとき。

泣きじゃくる稔をあやしながら、ハラダは濡れた頬に口づけた。

泣くよりも、笑っているときのほうが稔は可愛い。

自分の力で、笑顔を増やしたい。

そう願いながらハラダは稔と一緒に家にあがり、部屋から部屋へと見て回っていく。

戦いは終わった。
これからは、幸せを紡ぐ日々が始まる。

たとえ映画が
観られなくても

今日はハラダが映画に連れて行ってくれるということで、稔《みのる》は朝から浮かれていた。

焼け残った映画館でも終戦してしばらくは座席の布が靴磨きのために引きはがされ、惨憺《さんたん》たるありさまだったと聞いている。だが、有楽町《ゆうらくちょう》のスバル座を始めとして、アメリカや各国の洋画が次々と封切られて大人気となっていた。

まだ配給制で貧しい食生活を送る敗戦後の人々にとって、銀幕に映るアメリカやヨーロッパの人々の豊かな食生活や日常は、驚きと羨望《せんぼう》を与えた。稔も何度かハラダに映画館に連れて行ってもらったが、海の向こうの国々の豊かな生活は別世界のように思えた。

——こんなところで、ハラダさんは暮らしてた……？

今となればかけがえのない人生の伴侶《はんりょ》となったハラダのことを、もっと理解したい稔にとっては、それは絶好の教科書のようなものだった。今日も映画に行くかと誘われて、すぐさまうなずいたのはそのせいだ。

しかも、今日はスペシャルらしい。

「上映前の検閲を兼ねて、なのだが。名作という話だ。二人で貸し切り同然に、映画が観《み》られる」

アメリカ映画だから検閲も何もなにもないのだが、字幕が適切かどうか一応観ておく必要があるらしい。

そう予告されていたから稔は楽しみにしていたのだが、一緒に住む家まで迎えにやってきたハラダが差し出したよそ行き用の衣装に仰天した。

「何ですか、これは」

稔はいつも食事をする和室に正座をして、ハラダから渡されたものを畳に広げる。受け取ったときから、自分のものにしては派手《はで》すぎる気がしていた。

物資不足が深刻な日本において、特に不足しているのは衣服用の布地だ。だからこそ、着物などを解《ほど》いて洋服に作り直す『更正服』が流行しているのだが、どうやらこれもその類《たぐい》らしい。

赤の地に花柄が入った生地で作られたそれは、どこからどう見てもロングスカートだ。まさか、ハラダはこれを自分に着てみろ、というのだろうか。

ハラダは稔とロングスカートを交互に眺め、それから思慮深そうに口元を拳《こぶし》で覆った。

「稔の両親——特に、ご母堂に、衣服を準備せよと部下に命じておいた。だが、何をどう間違ったのか、このようなものが届いてな」

ハラダの言葉が、どこか空々しく聞こえるのはどうしてだろうか。

満州で終戦を迎えた稔は、両親と別れて引揚船で一人だけ先に日本に戻っていた。残ることになった両親とは連絡が取れず、上野《うえの》のとある場所でいつか再会することを願っていたのだが、ようやく再会できたのが一ヶ月前のことだ。

いつもの日課として稔をそこに連れて行ったハラダが、おそらく両親たちに便宜を図ってくれたらしい。

再会の後で、母がこっそり教えてくれた。自分たちが引揚船に乗れたのは、有力者が裏で糸を引っ張っていたおかげだと。

『その方の部下が、船がついた佐世保《させぼ》から、上野までの列車の手配までしてくれたのよ。昨夜の宿の手配もね。誰《だれ》かと思ってたけど、お会いしてすぐにわかったわ。稔が嬉《うれ》しがる顔が見たくて、ハラダさんが私《わたし》たちを助けてくれたのね』

再会のために涙でまともにものが見えていなかった稔の代わりに、ハラダのことを観察していたらしい。

だが、謹厳実直な父と、ハラダとの間には目に見えないしこりが存在しているようだった。

別れ際に、父はハラダに告げたのだ。

『世話になった。だが、これ以上君の世話にはならない。引き揚げ住宅の空き部屋を見つけるなり、すぐに宿は引き払うし、仕事は満鉄《まんてつ》の友人のツテで見つける』

両親は若くして結婚しており、ともにまだ四十前だから、身一つで戻ることになってもまだまだやり直せるという気概があるのだろう。

だが、ハラダの親切を突っぱねるような言い方をする父の態度に、稔は申し訳なさを感じてならなかった。

だからこそ、両親と別れてハラダと住むＧＨＱの社宅に帰宅したときに言ったのだ。

『……その、……すみません、父《とう》さんが』

稔の印象では、父はあそこまで頑固ではなかった気がする。上の者にへつらうことはなかったが部下には優しく、慕われていた。

そんな父のあのような態度は、日本人そのものの容姿をしていても、ハラダがアメリカ国籍であることに起因しているのだろうか。

『いや』

自宅ではくつろぐときに着物を着るようになったハラダが、どこかぎこちなく帯を巻きながら言った。

『……何か、勘づいているのだろう』

『どういうことですか』

『俺《おれ》たちのことを』

『え？　え？』

稔は目をぱちくりさせた。

どういう意味なのかすぐにはわかりかねたが、ハラダの言葉を頭の中で反芻《はんすう》するにつけ、じわじわと理解できてくる。親にハラダとの関係を知られているんだと思うと、頰《ほお》が爆発したかのように真っ赤になった。

ハラダと今、一緒に暮らしていることを両親にどう説明したらいいのかとずっと悩んでいた。だが、再会の日、両親のほうからハラダとの関係について全く触れられなかったことを疑問に思っていたほどなのだ。

再会できたばかりだし、帰国したばかりでいろいろと考えることも多いのだろうと考えていたのだったが、あっさり見抜かれるなんて思わなかった。

『で、……でも、……俺たち』

稔は真っ赤になって、口ごもる。

ハラダと自分とがそのような関係にあるという言動を、見せたつもりはない。

上野の約束の柱の前で再会した後には、母の要望で『野上《のがみ》の闇市』と呼ばれるバラック街を歩いて、いろいろ買い物や買い食いをした。雑踏の中ではぐれないように稔の手をつかんだり、お金を出してもらったりしたところを見られたが、いかにも恋人という態度を取っていたつもりはない。

——それでも見抜くなんて、さすがは親の愛、って感じなのかな……？

豊かな物資や生活のために、アメリカ兵に媚《こ》びを売ったり、春を売る女性は大勢いる。自分とハラダはそうではなく、真摯《しんし》な付き合いだと思うのだが、なによりいきなり同性とそのような関係にある息子を目の当たりにした両親の混乱というのは大きなものだろう。母親はともかく、父親はすぐには受け入れられないに違いない。

『……どうしよう』

恥ずかしい。明日から父と顔を合わせられない。

半ば呆然《ぼうぜん》としてつぶやくと、ハラダは少し皮肉気に目を細めた。

『両親に、俺たちのことを知られるのは恥ずかしいか』

その声から感じられる屈託に、稔は胸の奥がチクリと痛むのを感じた。

日本とアメリカとの間に戦争が勃発《ぼっぱつ》したことで、ハラダが辛《つら》い思いをしたことは知っている。

その一方で征服者であるアメリカ人に対して、自分も含む日本人が抱く屈託もあった。

父がどういうつもりでハラダを拒むのか、まだその根本を理解してはいなかった。まずはそれを理解してから、ハラダとの関係を取り持ったほうがいいだろう。

『恥ずかしくはありませんが……』

『わかってもらうためには、しばらく時間が必要だろうな。いずれは、ご両親に許可も取りたいが』

『許可？』

尋ねると、ハラダはからかうように目を細めた。

『花嫁の父に伝える必要があるだろ。稔を、俺に下さい。一生、面倒見《めんどう》ますから、と』

——花嫁の父……？

まるで結婚するかのように、一生添い遂げるつもりがあるのが伝わってきた。それが、嬉しくてならない。

だが、すぐに父は二人の関係を理解してはくれないだろう。

時間が必要だという、ハラダと同じ結論に、稔も達するしかない。

時間が全《すべ》てを解決する。ハラダとある程度接すれば、両親もその人柄をわかってくれるはずだ。

——だけど、……男同士、っていうのが、引っかかるかもしれないけど。

オクテだった息子が、GHQの将校とこんなことになるなんて、両親は想像だにしなかっただろう。

その後、何度か両親のもとに物資を届けることになったが、そのとき、母から父の屈託の理由をこっそり教えてもらった。

『父さんは、少し拗《す》ねてるだけなのよ。まだまだ子供のつもりの息子を取られたような気がして、寂しい思いをしているだけなの』

それは稔にも理解できる。一年も生死が知れずに離ればなれになっていたのだから、もっと甘えたいし、父といろいろ話をしたい。なのに、父のほうから距離を置かれている感じがあって、なかなか近づけない。

『それとね、あと一つ問題があるとしたら、それは子孫の問題よ。稔は一人っ子でしょ。このままだったら、東井家《あずまい》が途絶えてしまう』

両親ともに進歩的な人間で、父がまだ学生のときに駆け落ち同然に家を出て、ようやく認められたと聞いていた。だからこそ、恋愛感情の激しさもある程度までは理解してくれるような気はするものの、問題は家の継続にあるとは思わなかった。

——東井家が途絶える、か。

考えてみたら、その疑念ももっともだ。満州に行ってからも、東井家ではお盆や命日などに、先祖に対する伝統的な儀式を絶やさずにいた。

祖先に申し訳ないと思う気持ちは、稔にもある。それでも、ハラダと別れるなんてことは考えられない。

ハラダの底深い孤独を癒《いや》すのは自分しかいないという自負とともに、稔にとってもハラダの存在がかけがえのないものとなっていた。

——どうしたらいいかな。

そう思うかたわらで、母が気分悪そうにしていたのが気にかかる。

密《ひそ》かに病気を抱えているのではないだろうか。母は何でもないと言ったが、そのままにしておけるはずがなく、ハラダに頼んで一度検査のために病院を手配してもらった。その結果がそろそろ出るころだが、取り返しのつかない病が発覚しないように、稔は心の中で祈っていた。どうにか内地に引き揚げることができ、これから落ち着いた生活が送れるはずなのだ。

少しずつ両親とハラダとの距離を縮めていきたい。

ハラダにも稔の両親とうまくやりたい気持ちはあるようで、何かと両親に持っていけと物資を渡してくれた。

今回の母の服も、その一環なのだろうか。

だが、稔は渡されたものに仰天しながらハラダの顔を仰ぎ見て、あらためて尋ね返さずにはいられなかった。

「これ……、どうしろと？」

「稔の母親のものにしては、若すぎる。だが、せっかくなので着てみろ」

「でもこれ、……女性のものでしょう？」

稔は呆然とつぶやくしかない。

赤地に鮮明な花柄のついたロングスカートはタイトなものではなく、ふんわりとさせるためのフレアが入っていた。さらに白のブラウスと、ブレザーまで準備されている。サイズ的には稔でも問題なさそうだが、女物を着ろというハラダの意図が理解できない。

ごくまっとうな稔の問いかけに、ハラダは衝撃を受けたように身じろいだ。

「それはそうなんだが。……おまえに似合うだろうと思ってな」

ハラダの部下は何人かこの家に出入りしていたから、同居しているのが男だと承知しているはずだ。だが伝言している最中に、将校から命じられた衣服が、若い女性への贈り物だと勘違いされたのだろうか。

ハラダは軽く腕を組んでから、ハッとしたようにポケットから小さな小物まで取り出してみせた。

「それに何を誤解したのか、ルージュまで準備されていてな」

そのとき、目が合ったときの一瞬の表情によって、ハラダはこれを稔に着させることを心の中では深く期待していることが伝わってきた。

だが、自分がこのようなものを着ても、不格好でしかないはずだ。町で見かける女学生の内側から溢《あふ》れるような愛らしさというものが、自分にも備わっているとは思えない。

それでも、ハラダのわくわくとした表情を見てしまった以上、それを無視できなかった。

「……着てはみますけど、……これ着て、外は歩けませんよ？」

これから映画に行く予定だった。

検閲のための上映だから、映画館にあまり人はいないだろう。だが、いくら貸し切りに近い状態でも、奇妙ななりをした男を連れて行ったら、ハラダまで変な目で見られる。

「顔を見せるのが恥ずかしいというときのために、帽子とスカーフもある」

ハラダはさりげなくそれを取り出してみせたが、事前に考えて準備してあったのが見え見えだった。

そんなハラダの態度に、稔は思わず笑ってしまった。

――そんなにも、見たいのか……！

だったら、自分が道化になることぐらいはかまわない。

稔の笑顔にハラダは開き直ったらしく、頭につばの大きな帽子をかぶせながら告白した。

「前に、ジープでスカーフを巻きつけた姿を見たときから、おまえに華やかな格好をさせてみたくてな。さぞかし可愛《かわい》いらしいはずだ。このスカートを手違いで入手したのはわかったが、おまえがこれを着た姿を想像したら、どうにも手放せなくなった」

ハラダが自分に抱いている慈愛と幻想に、稔はほだされそうになる。

「幻滅しますよ」

「しない。……絶対に」

ハラダは思いをこめてそう言ってくる。

だからこそ、稔も承知するしかなかった。

「だったら、……着てみますね。みっともなかったら、すぐにまた着替えますから」

「ああ」

ハラダはうなずいて、稔の着替えの間、部屋の外に出て行った。

同性だから見ていられても問題ないはずなのだが、こういう気遣いが稔には何だかくすぐったく感じられてならない。

――紳士なのかな。

稔は着ていたシャツとズボンを脱いで、ハラダから渡された衣服を身につけた。仕立て直しではあったが、新しい衣服は肌にしっくりと馴染《なじ》む。

膨らみのない胸や直線が目立つ身体《からだ》のラインがどんなことになるのか想像もつかなかったが、立体的なブレザーとロングスカートの優雅なラインが、稔のシルエットを補正してくれる。

深く帽子をかぶってスカーフで固定すると、そこそこ女性に見えるようだった。

——あれ……？

稔はしげしげと、全身鏡をのぞきこむ。

思っていたより違和感がないのが、逆に不可解だった。

そのとき、待ちかねていたようにハラダが戻ってくる。鏡を見ていた稔を反転させ、頭から足の先まで眺めた後で、ちゃぶ台の上に置かれていたルージュを手に取る。

「仕上げをするから、動くなよ」

顎《あご》をすくいあげて固定され、ルージュを塗ってくれようとしているのがわかった。稔は狼狽《ろうばい》したまま目を閉じる。

唇の上を、そっとルージュが撫《な》でていく。ハラダの口づけに似た優しい感触だと、瞼《まぶた》を震わせながらぼんやりと考えた。

何度か唇をなぞられてルージュが完成したような気配があった後で、目を開ける前に稔の唇に触れたのは、何度も触れて慣れた生身の柔らかな感触だった。

「——っ……」

ハラダの唇だ。

目を開くと、ハラダがすぐ側《そば》から顔をのぞきこんでいた。

「おまえは、ご母堂によく似てる」

「え？」

「……御尊父が、……離したがらないのも、よくわかる。……その目が、……何かを俺に訴えかけるんだ。頼りなさそうに見えるから、かまってやりたくなる。そのくせ、芯《しん》はしっかりしてるんだけどな」

ハラダの親指が、愛《いと》おしむように稔の下唇をなぞった。

塗りむらがあったのか、そこを軽く修正されてから、ハラダは稔をきゅっと抱きしめて玄関へと連れていく。

この服装だから何を履いて出かけたらいいのかと一瞬躊躇《ちゅうちょ》していると、先に靴を履いて土間に降りたハラダが、端に隠してあったらしい箱を取り出した。

「靴も、……準備してある」

その箱から取り出されたのは、男女共用で使えそうな、少し踵《かかと》のついた革の編み上げ靴だ。

「これなら、ずっと使える」

ハラダは片膝《ひざ》をついて、靴の紐《ひも》を解いた。それから、甲斐甲斐《かいがい》しく稔に履かせてくれる。

かしずくように丁寧に稔を扱ってくれるハラダの姿を見たら、きっと父も息子がどこまで愛されているのか、わかってくれるはずだ。

嬉しさとくすぐったさが胸に広がったが、子孫が途絶えるといった根本的な問題の解決策は見つかりそうもなかった。

――ハラダさんのアメリカのご両親も、俺とのことを知ったら反対するかな。

そう思うと、小さなため息が稔の口から漏れるのだった。


ジープで待っていた部下は、ハラダたちの支度が遅いことに焦《じ》れていたようで、すごいスピードで日比谷《ひびや》までの道をすっ飛ばした。

到着したのは、大きな看板の出た映画館だ。

アメリカ式のロードショー形式の上映だけではなく、イギリス映画やフランス映画、ソ連映画なども次々と公開されて、カラー映画も出始めていた。

洋画だけではなく日本映画も公開され、NHKでも連続放送劇が始まっていた。まだ敗戦後の問題は山積みだったものの、少しずつ華やかな雰囲気が生まれ始めていたころだ。

稔はハラダに手伝われてジープから降り、赤い羅紗《らしゃ》の敷かれた通路を辿《たど》って、二階へと上がった。

「上に、……特別観覧席がある。そこで観よう」

ハラダは腕に稔を捕まらせて、上機嫌に見えた。出迎える側の劇場支配人が背後に追いすがり、何か話しかけている。ハラダはそれに鷹揚《おうよう》にうなずくばかりだった。

稔は帽子で顔を隠してうつむいていたが、ハラダは終始丁寧にエスコートしてくれる。ドアを開かれ、椅子《いす》も引かれて、そこに座った。すかさずハラダがぐっと稔の肩を抱き寄せたとき、ふとこの服装の意味がわかったような気がした。

――かまい倒したいんだ、ハラダさんは。人前で。

さすがに男相手に堂々といちゃつくわけにはいかないのだろうが、稔にスカートを履かせて顔をスカーフと帽子で隠しておけば、薄暗い映画館ではカップルのように密着することができるだろう。

案内されたのは、映画館の二階にあるバルコニー形式の個室だった。

スクリーンからはやや遠いものの、特等席のようで椅子もふかふかだったし、飲食物を置く小さなテーブルまで備えつけられている。

稔たちが席につくのを待っていたかのように、冷えたコーラの瓶と袋に入った菓子のようなものが運ばれて、そこに置かれた。

「食べてみろ」

言われて、稔は袋に手を伸ばす。

開くと、そこに入っていたのは、大量の真っ白な丸い菓子のようなものだった。

「何ですか、これは？」

稔は一つ摘《つま》みあげて、しげしげと眺める。ハラダは手を伸ばしてひとつかみすくいあげると、自分の口に放《ほう》りこんだ。

「ポップコーン。ポン菓子は米を膨張させたものだが、これはトウモロコシを弾《はじ》けさせたものだ。アメリカで、映画を観るときの定番」

——ポップコーン……？

初めて口にするものだった。

稔は匂《にお》いを嗅《か》いでから、ハラダの真似《まね》をして白いふわふわとしたものを口に入れてみる。噛《か》むと、かりっとした音とともに、塩味とバターの風味が広がった。

「どうだ？　うまいか？」

「おいしいです」

ポン菓子も好きだが、ポップコーンはずっと大きくて食べ応《ごた》えがあった。

思わず笑顔になると、ハラダはその表情に嬉しそうに微笑《ほほえ》んだ。

「そうか。もっと食べろ」

ハラダは稔が何かを食べて幸せになっていると、動きを止めてじっとこちらを眺めていることがある。食べている姿を凝視されるのは恥ずかしいのだが、ハラダが稔を喜ばせるのに幸せを感じているのが伝わってくるから、くすぐったいような幸せに満たされた。

——コーラの味も、ハラダさんに教えてもらったよな。

稔はいくつかポップコーンを食べてから、コーラの瓶にも手を伸ばす。

いつでもハラダがくれるものは、おいしすぎた。目が合うたびににっこりされると、よけいに幸せになれる。

「映画だけじゃなくて、……おやつまで準備されているとは思いませんでした」

「映画を観るときには、これがないとな。今までは、これが足りなかった」

言いながら、ハラダは稔のほうに顔を寄せてくる。どんどん大きくなるその顔に、稔は固まった。

——え？　えええええ……？

日本では人前ではキスをする習慣など、まるでない。映画館にはほとんど人がおらず、なおかつ個室バルコニー席とはいうものの、全くどこからも見られないというわけではないはずだ。

あまりのことに仰天して身動きが取れなかったその隙《すき》をついて、軽く唇が押しつけられた。

キスはそれ以上深くはならず、すぐに離れていく。それでも、唇には甘ったるい感触が残された。

ドキドキのあまり、息も止まってしまいそうだ。

外でキスされることほど、稔を狼狽させるものはない。

そのうち、館内の照明が少しずつ落とされていったので、稔は少しホッとしてスカーフを解き、帽子を横の空席に置いた。

楽しみにしていたアメリカの映画が始まる。

舞台は、第一次大戦下のロンドンだ。

ハンサムな英国将校と美しい踊り子が出会い、ちょっとした紆余曲折《うよきょくせつ》を経て二人の恋は燃え上がる。

二人が『別れのワルツ』を踊り、ホールの閉館のためにろうそくの照明が次々と消されていった中で、情熱的なキスを交わす。そんなシーンのロマンチックさに、稔はポップコーンを食べることすら忘れて映画に見入っていた。

画面のハンサムな将校が、ハラダと重なる。こんなふうに積極的に迫られたら、絶対に落ちずにはいられないだろう。そう思わせるような恋愛の演出が随所になされていて、やたらとドキドキが募る。

そんなふうに心を掻《か》き乱されたのはハラダも一緒のようで、暗闇の中で稔はハラダ側にあった手をそっと握られた。

「……っ」

ゾクッとする。

隣にいるハラダの存在に心が震えるのと同時に、人前で触れられるのは恥ずかしいという気持ちが生まれる。また暗闇《くらやみ》でキスなどされたら、自分はどうしたらいいのだろう。

館内の照明は落とされていたが、スクリーンの照り返しでたまにひどく明るくなることがあった。

——どこに誰がいるのか、わからない……のに。

だが、ハラダは映画に触発されたのか、触れるだけでは収まらず、稔の手をつかんで自分の顔の前に持ってきた。

軽く甲に口づけられて、稔はその生々しい感触にビクンと肩をすくめた。

その瞬間、闇の中でハラダと目が合う。

ハラダは獰猛《どうもう》な男の目をしていた。

その一瞬の稔の表情に興をそそられたように、すっと目を細める。そんな反応に、稔は胸騒ぎを覚えずにはいられない。ハラダが稔を抱くときに見せる、官能的な表情と一緒だったからだ。自分の反応が、ハラダを刺激してしまったことを悟らずにはいられない。

ハラダは自分の靴紐でも結び直すような仕草で何気なく足下に手を伸ばしたが、身体を起こすときに何気なく稔のロングスカートの裾《すそ》をつかんでいた。すすすっとスカートがたくし上げられ、太腿《ふともも》の半ばまで剝《む》きだしになっていく。すぐには気づかなかったが、稔は裾から忍びこんだ外気でそのことを察して、硬直した。

——え？

慌てて両手でスカートを押さえたのだったが、すでにたくし上げられたスカートは元には戻らない。ハラダはてのひらで稔の剝きだしの太腿の感触を、楽しむようになぞっていく。

ハラダの視線はすでにスクリーンに向けられ、何でもないふうを装っているから、稔もこのいたずらが早く止《や》むのを期待して、前を向くしかない。

だが、ハラダの手はだんだんと太腿の内側に入ってきた。

下帯のきわどい位置をなぞられるたびに、稔はびくんと震えて足を閉じてしまいそうになる。だが、挟みこまれたハラダの手が閉じることを許してはくれなかった。

太腿の付け根をなぞるだけではなく、ハラダは稔の上体にも手を伸ばし、前開きのブレザーや、その下に着ていたブラウスのボタンを一つずつ外していく。

下には何も着ていなかったから、そんなふうにされてしまうと服の隙間から外気が忍びこんだ。次第に淫《みだ》らな格好にされていることに、稔はひどく混乱した。

——こんなの、噓《うそ》……だよね。

ここは映画館だ。稔にとってはおめかしをして出かける、とっておきの場所だった。そんな場所で服を乱されるなんて、考えられない。

だが、ハラダの手が素肌に触れただけで稔の身体は熱くなる。今すぐにでも止めさせなければいけないはずなのに、ハラダの指に乳首の脇《わき》をかすめられただけで意識をそこに奪われて、大きく足を開かれて、肘《ひじ》掛けに引っかけるようにされても阻止できない。

下ろせなくされた足の奥に、ハラダの指が遠慮なく伸びていった。下帯をずらしてその足の奥に触れながら、ハラダが稔の耳元でからかうように囁《ささや》いた。

「下着は男物か。……これまで、準備しなければならなかったな」

だが、指がそんな位置で蠢《うごめ》くだけで、稔は答えることすらままならない。

いよいよ淫らな位置に伸びた指が体内に押しこまれる音が、ちょうど場面展開のために音の消えた映画館に響いた。

いつの間にか、指はハラダの唾液《だえき》で濡《ぬ》らされていたらしい。

恥ずかしさと混乱のあまり、稔はうっすらと涙が浮かんだ目で許しを請うように横を見た。

「……映画、……見たいんです……」

消え入りそうな声で囁く。結婚式を挙げられなかった二人が、どうなっていくのか知りたい。

だが、ハラダはその眼差《まなざ》しを正面から受け止めて、うっすらと微笑んだ。

「だったら、画面を見てろ。こちらのことは、気にしないでいい」

その言葉とともに、ハラダの手はさらに大胆に稔の身体に伸びてくる。映画を観ていろと言われたが、開かれていたブラウスの隙間から手が入りこみ、乳首を指先で下から上へと跳ね上げるようになぞられると、無視できるものではない。

くりくりと指先でこねまわされた後にきゅっと摘《つま》まれて、その電流でも走るような刺激に、稔はびくんと身体を跳ね上がらせた。体内に忍びこんだハラダの指は、そこでゆっくりと動き始めている。

乳首を摘まれるのは一度きりでは終わらず、何度もからかうように引っ張られた。

そのたびに、体内にある指をきゅっと力のかぎり締めつけずにはいられないから、ハラダにも稔がこの場所で弄《いじ》られて敏感になっているのが伝わっただろう。

耳元に顔を寄せられ、濡れた舌先を耳朶《じだ》に突きこむようにして囁かれた。

「……誰かにこんな姿を見られるかもしれないことに、……興奮する？」

濡れた吐息と舌によるくすぐりに、稔は身体を震わせずにはいられない。ぞくっと鳥肌を立てたのにあわせて、さらに乳首が尖《とが》るような感覚があった。

その舌から逃れようとする稔の身じろぎに合わせて、ハラダの唇が首筋から身体の前のほうへと移動していく。

「や、……っ、……ッン……っ」

そこまでハラダが大胆に動くとは思わなかった。

身体をねじって乳首に吸いつかれた途端、息を呑《の》むような痺れが稔の下肢まで熱くさせていく。こんなふうにされたら、映画どころではなかった。

胸元にあるハラダの唇は、稔の小さな乳首を丹念に舐《な》めしゃぶっていく。そこからの快感に腰が落ち着かなくなった稔の中を、指でゆっくりと掻き回される。

こんなあり得ない状況に身体はひどく熱くなり、動かされる指に襞《ひだ》がからみついていくのがわかった。

「……っ」

漏れそうになる声を、稔は必死になって殺した。

のけぞった頭は座席の上にかろうじて乗せていたが、見開いた目はその画面を映しているだけだ。

字幕も読めないし、画像も音声も頭に入ってこない。

乳首に触れるハラダの歯の感触と、濡れた温かい舌の感触に意識が引きずられた。こんな部分で感じるのは恥ずかしいというのに、ことさら稔がそこで感じるのを知られているから、ハラダはいつでも触れたがる。

乳首を舐めずられながら、指を中でゆっくりと動かされる。こんな場所でされる不安も大きいというのに、このままハラダに身を任せていたいという意識のほうが強くなっていく。

まともにものが考えられないほど、次第に頭がボーッとしてきた。

ハラダの乳首への愛撫《あいぶ》は、執拗《しつよう》だった。

上映時間中ずっと嬲《なぶ》られるのではないかと思うほど、舌でたっぷり押しつぶされ、弾くように回される。そのたびにじわりと中で広がる痺れを指で攪拌《かくはん》され、気持ち良さに身体が溶け落ちていく。

いつもはもっと激しく動くはずの指もこの体勢のせいか穏やかで、ただそこに存在するのを忘れさせないほどにゆっくりと襞を掻き回していた。

だが、その指が不意に感じるところに触れる。その途端、ビクンと腰が跳ね上がった。

「――っ……！」

どうにか声は押し殺せただろうか。腰が自然と浮き、ハラダの指を渾身《こんしん》の力で締めつける。だが、それに逆らってハラダの指が、感じる位置を焦れったいほどゆっくりとなぞる。切ないような痺れがぞくぞくっと身体中を駆け巡り、甘ったるい吐息が漏れた。

「……ダメ……っ」

小声で拒んだのに、ハラダはその言葉を聞き入れてくれそうもない。

稔の顔を見上げて、乳首をちゅうっと吸い上げる。それに合わせて、指で見つけた場所の上で指を往復される。そんなふうにされると、稔の身体は電撃を受けたようにビクビクと震えてしまう。

こんな姿を誰かに見られないかと、不安でならなかった。それでも、指と唇から流しこまれる狂おしいほどの刺激が、ぞくぞくと身体を痺れさせるのをただ受け止めるしかない。

稔の反応が切迫してきたのを察したのか、ハラダが小さく囁いた。

「イク……？」

その言葉に、稔は飛び上がるようにして息を飲み、慌てて首を振った。

こんなところで達するなんて、あり得ない。

そう思って懸命に我慢しようとしたはずなのに、ハラダの指がもう一本体内に押しこまれ、それによって襞をきつく押し広げられる感触により感じてしまう。その指を痛くなく入れられるように、さらに腰を浮かせていた。

「上手だ」

そんな囁きとともに、束ねた指が深くまで押しこまれた。

その指の存在感に慣れないうちに、ハラダはゆっくりと動かし始める。指は二本ではなくて、三本なのかもしれない。予想以上にきつく感じつつも、乳首を音を立てて吸い上げられ、反対側のしこって疼《うず》いていた乳首まで指に少し力をこめて揉《も》みつぶされる。

「……ん……」

限界が近づいてきていた。

あと少しでも刺激を与えられれば、達してしまうかもしれない。映画館でイクなんて考えられないのに、感じる部分を指先で引っかかれた瞬間、目の前が真っ白になった。

下肢から広がる強烈な快感とともに、稔の下肢が勝手に痙攣《けいれん》する。

「っん、……っぁ……っ！」

必死になって声を抑えるだけで、精一杯だった。

イっている最中に、ハラダがきつく締めつける稔の中から指を引き抜き、シートの前に回りこんで太腿を抱えこんでくる。

服の前をくつろげた直後に腰を引き寄せ、稔の腰を浮き上がらせながら一気に突き立ててきた。

「……っ……！」

まだ余韻すら収まっていない最中の新たな刺激に、稔はさらに一段高い絶頂へと導かれた。

ハラダのものをくわえこもうとするように痙攣する襞に、鉄のように熱く感じられるものが押しこまれる。ぎゅっと締めつけているというのに、ハラダは一度奥まで呑みこませた後で、強引に引き抜いた。

それから、稔の太腿を抱え上げながら、体重をこめて激しく突き立ててくる。

すでにシートには肩から上しか乗っていなかった稔は、身体を支えるために両手で肘掛けを握りしめた。

生き物のように蠢くそこに突き立てられるたびに、ぞくぞくとしたものが広がる。絶頂感が落ち着かない状態で動かされることで今までにない悦楽がわき上がり、ぶるぶると太腿が震えた。

ペニスの先がジンと痺れて、感じるたびにそこから少量漏れているような感覚すらある。

声を懸命にこらえているからなのか、身体に力がこもってやたらと中がひくついているのがわかった。

そんな稔の様子を読み取ったのか、ハラダはたっぷり掻き回した後で焦らすような動きに切り替える。小刻みに襞を擦り立てられることで、下肢が狂おしく溶けていくのがわかった。

「……ぅ」

そんな動きに耐えながら、ぼんやりと目をスクリーンに向ければ、将校の死の知らせを踊り子が受けているところだった。ハラダが死ぬなんて、考えられない。今いるハラダのかけがえのなさを実感するとともに、より中のものの大きさを嫌というほど思い知らされた。

音楽が盛り上がったから、多少は声を漏らしても紛れるかもしれない。

そう思ったのはハラダも一緒なのか、稔の膝が抱え直されて、ハラダの動きが激しいものへと変わっていく。

張りのある先端が稔の中を鋭く抉《えぐ》り、指先であやすように乳首を転がされる。大きなもので深い部分までこじあげられるたびに、稔はくぐもった声を抑えることができなくなる。

さらに止《とど》めのように深くまで押しこまれてから、ハラダは円を描《えが》くように腰を動かした。張り出した部分で感じる部分を嫌というほど抉られた瞬間、稔はついに新たな絶頂へと押し上げられた。

「……っん、……っん、ん……っ！」

背筋にぞくぞくとしたものが這《は》い上がり、ぶるっと痙攣が全身を駆け抜けていく。さらに小さな震えが、何度も走った。締めつける動きに合わせてハラダが体内に注ぎこんだときの律動が伝わって、稔はぞくりと息を呑んだ。

目を閉じる寸前に、スクリーンを見上げる。

そこでは美しい女優が、悲恋に涙を流している最中だった。

映画が終わって、稔は夢から覚めたような気分で明るくなった館内を見回した。

ぼうっとしている間に、ハラダが稔の服装を整えてくれた。シートの上で、稔は何事もなかったかのようなロングスカート姿できっちりと足を閉じ、ブレサーもブラウスもボタン一つ乱さずに身につけている。

それでも、服の下では身体がまだ火照っていた。

上映中の異変を誰かに気取られなかったのかどうか、稔は不安でならない。明るくなってからも固まったまま、周囲を見回すことが出来ないのはそのせいだ。

そんな稔を眺めて、ハラダが立ち上がった。

「じゃあ、出ようか」

少し遅れて、ふらつきながら立ち上がった稔に、ハラダは帽子をかぶせ、スカーフを巻いてくれる。

それから、エスコートするように稔に手を差し出した。それにつかまってバルコニー席から廊下に出ると、扉の外に劇場の支配人が立っていた。ハラダを見て、検閲の結果を尋ねてくる。

それをハラダは、さらりと流した。

「また、追って沙汰《さた》する」

途中から、ハラダはろくに映画を観てはいなかったはずだ。

――どうするんだろう？

だが、その対応に気を取られている隙に、稔の腰にハラダの手が回されてきた。力が入らないから、そうやって支えられるのは安心だが、脇腹に触れられているだけでも身体の熱が掻き立てられるような気がする。

自分の身体はどこまでハラダに飼い慣らされてしまったのかと思うと、恥ずかしくも怖《おそ》ろしい。

階段を使って一階に降りたところで、部下たちが待っていた。

ハラダに気づくと、敬礼する。それにハラダはうなずいて、英語で何か言った。彼らが何か書類を差し出したので、ハラダはそれを受け取ってから、稔をつれて映画館の正面に停《と》められているジープへと向かう。

帰りは、ハラダが自ら運転するらしい。

ハラダは自分が乗りこむ前に、稔が助手席に乗るのを手伝ってくれた。ハラダはエンジンを入れる前に、渡された書類にざっと目を通しているらしい。それから、おもむろにジープを走らせ始めた。

吹きこんでくる気持ちのいい風が、稔の火照った頬を冷やしてくれる。

稔は風が吹くほうに顔を向けながら、ハラダにねだった。

「もう一度、あの続きを観に行きたいです」

ものすごくロマンチックな映画だった。素敵《すてき》そうな映画だけに、その後、ちゃんとストーリーを追いたい。

「そうだな。……公開されたら、一緒に行くか」

くすくす笑いながら、ハラダが同意してくれた。思いだしたかのように、稔が食べ残したポップコーンの袋を渡してくれる。

それを口に運んでいると、ハラダが言ってきた。

「それとな。先日、おまえのご母堂に病院を世話しただろ。その結果が出たそうだ。……どうやら、おまえには近いうちに、弟か妹が出来るかもしれない」

「え？」

思わぬ言葉に、稔は固まる。部下が渡した書類に、そのことが書かれていたのだろうか。

——母さんが、……妊娠……？

母は具合悪そうにしていたが、そんな事情だとはまるで思わなかった。だが、考えてみれば母はまだ四十前だ。

年の離れた弟か妹が出来る可能性がある、と考えただけで、稔の口元はほころんでしまいそうになる。

「そうですか」

「栄養があるものを取ったほうがいいだろう。これからも、マメにご母堂のところに顔を見せてやれ」

「そうですね。ありがとうございます」

母が深刻な病気ではなくて、ホッとした。ハラダがそう言ってくれるのだから、食べ物の心配もないはずだ。そのことにホッとするのと同時に、稔はもう一つの問題がこれで解決したことに気がついた。

「あの、……母が教えてくれたんですけど、……父が、……ハラダさんと俺のことで少し引っかかっていたのは、……うちの、……東井家の血統が途絶えてしまうのではないかという心配のためだったそうです。だけど、……もう一人子供が出来れば、解決しますすね」

少なくとも両親は新しい子供のことで大わらわになって、稔たちのことまで構っている暇もないかもしれない。

肩の荷が少し下りたような気分でにっこりすると、ハラダもつられたように笑った。

「そうか。その問題があったか。……だが、それでもなかなか許してくれなくても、俺は急がない。……俺たちには、時間がある」

スクリーンの中で、戦場の男女は急いでいた。将校が戦場に呼び戻される前に結婚式を挙げようと、懸命だった。

だからこそ急がないといった言葉が、平和の象徴のように稔の耳には響く。

「そうですね。急ぎませんね」

もし父がすぐには許してくれないとしても、きっとわかってくれるときが来る。両親とハラダは、きっとわかり合えるに違いない。

そんなふうに思ったとき、運転を続けながらハラダも言ってきた。

「……いつか、俺の両親にも挨拶《あいさつ》してくれ」

「子供が、って、言われませんか？」

「大丈夫。俺には、妹が二人いる」

くすくすと、ハラダは笑った。

アメリカのハラダの家を、稔は思い描いてみようとする。映画で観たアメリカの家なのだろうか。大きな家に、大きな冷蔵庫。その中にふんだんに入った食糧。それ以外は具体的に思い描くことはできないが、一つだけ知っていることがある。

庭に植わった、リンゴの木だ。ハラダの両親が日本から持っていって植えた、思い出の木。

「……行ったら、庭のリンゴを食べたいです」

言うと、ハラダはうなずいた。

「ああ。こっちでも植えようか、リンゴの木を」

苗を植えてから実が成るまでに、どれだけの時間がかかるのだろうか。

それだけ長い間、ずっと一緒にいようという意味に感じられた。
「そうですね。……植えましょう」
すくすくと木は育ち、やがて実が成るだろう。
限りない未来が、二人のこの先に開けているような気がした。
平和であるかぎり、きっとハラダはそばにいてくれるはずだ。
戦争は終わったのだから。

あとがき

この度は『たとえ初めての恋が終わっても』を手に取っていただいて、ありがとうございます。

戦後の闇市を舞台にしたお話です。何か私、闇市の雑多な雰囲気にやたらと惹かれて、いつか書きたいなーと思いながら、地味に資料集めたりしていました。ただ闇市って舞台が、きらびやかな舞台設定が多いBLというジャンル的にどうなのかしら、と思っていたのですが、今回おずおずとおたずねしてみたところ、オッケーいただいて、しかも新書にしてもらって、すっごく嬉しいです……！　どんどんパフパフー！

ってことで、闇市です、闇市。

闇市のバラックの前で、ふかし芋を売ってる受です。おおおおおお。考えただけで、その受から芋買ったり、受を買ったり、進駐軍の立場でチョコレートあげたり、美味しいものを食べさせたりして、懐柔してみたくなっちゃいますね。ね、ね。

そんな、私の夢とロマンがいっぱいに詰まった一冊です。あと、ちなみに本文に説明入れてなかったんですが、ふとゲラのときに気になったところを解説しておくと、「代用うどん」っていうのは、当時入手困難だった小麦粉の代わりに、芋とか魚のすり身とかドングリの粉とかの代用品を使って、さらに粘りけとしてワラビ粉とかところてんなどを使って作られていた、うどんのことです。あと、「三角くじ」っていうのは、戦後の復興のための国家が売ってた宝くじ的なもの。

ともあれ、闇市はカオス感がたまらないです……っ！　上野のアメ横とかの「アメ」って、アメリカ横町、と思われているそうですが、元々は食べるほうの「飴」からなんだってね。戦後の甘い物が欲しくてたまらないころに、サッカリンとかで飴作って売ってたそうですよ。サッカリン……！　前にレトロな攻に「甘い甘い、サッカリンぐらい甘い！」って言わせて一人で悦にいってたことがありますが、サッカリンとか、アセチレンランプとかハァハァ。昭和レトロもたまらないです。

そして、いつかまた書きたい、闇市、闇市。闇市の二つ名のあるヤクザな受とか攻とかもいいと思うよ……っ！　パンパンなおにいさんの受とかも……。闇市闇市。

ということで、私の好きなものをみっしり詰めこんだ一冊です。雑誌での掲載時には、何か私の空腹度が足りなかったのか、食べ物の描写が控え目だったので、改稿でもっと足してみたりしたです。初めてのチョコレートとか、超久しぶりのアイスクリームとか、何かいいですね。受が銀シャリ炊いてくれたりするのもいいですね。ほかほか。ほかほか。

そして、お礼を。

この話にとても素敵なイラストをつけて下さった、高座朗《たかくらろう》さま。今回も、本当に美しくもエロスなイラストをありがとうございました。稔《みのる》がとってもかわゆくて、健気な感じで超萌えです。そしてハラダも素敵で、本当にありがとうございました。高座さんだと何でもどんとこいな感じなので、どんなタイプのお話でも安心して託せます……！

そして、闇市？　いいんじゃないですか、とあっさりＯＫしてくれて、素敵な助言をくださった担当様。いつもいろいろとありがとうございます。

何よりこのお話を読んでくださった方。本当にありがとうございました。ご意見ご感想など、気軽にお寄せください。ありがとうございました……！

初出

たとえ初めての恋が終わっても	２０１３年 リンクス１月号、リンクス２月号掲載
たとえ映画が観られなくても	書き下ろし

この本を読んでの
ご意見・ご感想を
お寄せ下さい。

〒151-0051
東京都渋谷区千駄ヶ谷4-9-7
(株)幻冬舎コミックス　リンクス編集部
「バーバラ片桐《かたぎり》先生」係／「高座朗《たかくらろう》先生」係

リンクス ロマンス

たとえ初めての恋が終わっても

2014年5月31日　第1刷発行

著者……………バーバラ片桐《かたぎり》
発行人…………伊藤嘉彦
発行元…………株式会社　幻冬舎コミックス
〒151-0051　東京都渋谷区千駄ヶ谷4-9-7
TEL 03-5411-6431（編集）
発売元…………株式会社　幻冬舎
〒151-0051　東京都渋谷区千駄ヶ谷4-9-7
TEL 03-5411-6222（営業）
振替00120-8-767643
印刷・製本所…共同印刷株式会社
検印廃止

ISBN978-4-344-83139-1 C0293
Printed in Japan

幻冬舎コミックスホームページ　http://www.gentosha-comics.net